Tucholsky Wagner Zola Scott Sydow Freud Schlegel
Turgenev Wallace Fonatne

Twain Walther von der Vogelweide Fouqué Friedrich II. von Preußen
Weber Freiligrath Frey

Fechner Fichte Weiße Rose von Fallersleben Kant Ernst Richthofen Frommel

Engels Fielding Hölderlin
Fehrs Faber Flaubert Eichendorff Tacitus Dumas

Feuerbach Maximilian I. von Habsburg Fock Eliasberg Zweig Ebner Eschenbach
Ewald Eliot Vergil

Goethe Elisabeth von Österreich London

Mendelssohn Balzac Shakespeare Dostojewski Ganghofer
Trackl Lichtenberg Rathenau Doyle Gjellerup
Stevenson Hambruch
Mommsen Tolstoi Lenz Hanrieder Droste-Hülshoff
Thoma

Dach Verne von Arnim Hägele Hauff Humboldt
Reuter Rousseau Hagen Hauptmann
Karrillon Garschin Gautier

Defoe Baudelaire
Damaschke Descartes Hebbel

Hegel Kussmaul Herder
Wolfram von Eschenbach Dickens Schopenhauer
Darwin Melville Grimm Jerome Rilke George
Bronner Bebel
Campe Horváth Aristoteles Proust

Bismarck Vigny Barlach Voltaire Federer Herodot
Gengenbach Heine

Storm Casanova Tersteegen Grillparzer Georgy
Chamberlain Lessing Langbein Gilm Gryphius
Brentano
Strachwitz Claudius Schiller Lafontaine
Bellamy Schilling Kralik Iffland Sokrates
Katharina II. von Rußland Gerstäcker Raabe Gibbon Tschechow

Löns Hesse Hoffmann Gogol Wilde Vulpius
Luther Heym Hofmannsthal Gleim
Roth Klee Hölty Morgenstern Goedicke
Heyse Klopstock Kleist
Luxemburg Puschkin Homer Mörike Musil
La Roche Horaz
Machiavelli
Navarra Aurel Musset Kierkegaard Kraft Kraus
Nestroy Marie de France Lamprecht Kind Kirchhoff Hugo Moltke

Laotse Ipsen Liebknecht
Nietzsche Nansen
Marx Lassalle Gorki Klett Leibniz Ringelnatz
von Ossietzky May vom Stein Lawrence Irving
Petalozzi
Platon Pückler Knigge
Sachs Poe Michelangelo Kock Kafka
Liebermann
de Sade Praetorius Mistral Zetkin Korolenko

Der Verlag tredition aus Hamburg veröffentlicht in der Reihe **TREDITION CLASSICS** Werke aus mehr als zwei Jahrtausenden. Diese waren zu einem Großteil vergriffen oder nur noch antiquarisch erhältlich.

Symbolfigur für **TREDITION CLASSICS** ist Johannes Gutenberg (1400 — 1468), der Erfinder des Buchdrucks mit Metalllettern und der Druckerpresse.

Mit der Buchreihe **TREDITION CLASSICS** verfolgt tredition das Ziel, tausende Klassiker der Weltliteratur verschiedener Sprachen wieder als gedruckte Bücher aufzulegen – und das weltweit!

Die Buchreihe dient zur Bewahrung der Literatur und Förderung der Kultur. Sie trägt so dazu bei, dass viele tausend Werke nicht in Vergessenheit geraten.

Der Peterli von Emmental

Ottilie Wildermuth

Impressum

Autor: Ottilie Wildermuth
Umschlagkonzept: toepferschumann, Berlin

Verlag: tredition GmbH, Hamburg
ISBN: 978-3-8472-7093-5
Printed in Germany

Text der Originalausgabe

Ottilie Wildermuth

Der Peterli von Emmental

Ottilie Wildermuth

◆

Eine seltsame Schule.
◆ Der Peterli von Emmental. ◆

Der Peterli stammte aus einer hochstrebenden Familie; sein Großvater war Gemsjäger gewesen, und niemand wußte, in welchem Abgrund zwischen den Gletschern sein Grab war. Sem Vater fand nicht viel Gemsen mehr zu jagen, aber es gefiel ihm nicht auf ebenem Boden und bei ruhiger Hantierung, er wurde ein Führer und zeigte Fremden die Gebirgspfade.

So war Peterli oft und viel allein, der Vater ließ ihm, wenn er hinausging, zum Essen da, was er eben hatte; hatte er nichts mehr, so suchte er Hilfe im Nachbarhaus.

Das war nun freilich keine Nachbarschaft wie bei uns, wo man sich in die Fenster sieht. Das nächste Haus war Wohl eine Viertelstunde entfernt; aber die Witwe, die es bewohnte, hat doch gut nachbarlich an dem Büblein gehandelt, soweit sie konnte.

Bei Sepp, dem Vater des Peterli, war allzeit entweder Überfluß oder Mangel; sein Weib war schon lange tot, und er lernte nun und nimmermehr den schönen Lohn, den er oft einnahm, ordentlich zu Rate halten. An den kühlen Morgen beim Bergsteigen hatte er das Branntweintrinken gelernt, und wenn er auch nicht zum Säufer wurde, so ging doch mancher Batzen den Hals hinunter, und er hatte es noch nicht einmal zu einem Bett gebracht. Er und Peterli schliefen auf Laubfäcken, und deckten sich mit dem Teppich zu, den Sepp auch bei hohen Bergreisen brauchte.

In allen Notfällen nahm Peterli seine Zuflucht zur Nachbarin, die zwar auch arm, aber gar ein fleißiges, sparsames Weib war. Freilich war sie oft auch nicht daheim; sie ging aufs Feld, in Taglohn, und nahm ihre Buben mit, und so traf Peterli manchesmal, wenn er zum Nachbarhause hinüberging, die Haustür geschlossen. Auf der Bank vor dem Hause saß aber immer an schönen Tagen das Mareili, und das hatte jederzeit eine Handvoll dürrer Schnitze oder ein Stückchen Brot für den hungrigen Peterli. Mareili, das einzige Töchterlein der Nachbarin, war ein armes, kränkliches, an den Füßen gelähmtes Kind, das nur mit Krücken oder getragen vor die Hütte kommen konnte; da blieb sie denn auch gewöhnlich sitzen mit ihrem Strickstrumpf oder einer Strohflechterei, oft halbe Tage allein. Mutter und Geschwister hatten sie gar lieb und taten ihr zu Gefallen, was sie konnten; aber daß eines bei ihr daheim bleiben sollte, das fiel ihnen nicht ein. Ehe jedoch die Mutter aufs Feld ging und die Buben zur Schule, mußte Mareili ihren reichlichen Anteil haben, lieber wären sie hungrig fortgegangen. Mareili aber, das immer still saß, das aß gar wenig, und so hatte sie stets noch etwas übrig für den Peterli.

Die armen Kinder waren einander recht zum Trost; das Gesicht des einsamen Mareilis heiterte sich auf, wenn der Peterli in seinem zerlumpten Jäckchen den schmalen, steinigen Weg herunterkroch, der zu ihrer Hütte führte; sie erzählte ihm allerlei schöne Geschichten und lehrte ihn die Gebetlein, welche sie selbst wußte. Viel gelernt hatte das arme Kind freilich nicht, denn die Mutter war zu arm, um einen Lehrer im Haus zu bezahlen; aber Mareili war ein verständiges Kind, und das wenige, was ihr Mutter und Brüder zeigen konnten, benützte sie treulich und bedachte es in ihrem stillen Sinne, so daß sich oft die Mutter nicht genug wundern konnte, woher denn doch das Mädchen alles wisse. Peterli hätte freilich schon lang das Alter gehabt, in die Schule zu gehen, aber er war ein schwächliches Büblein und sah viel jünger aus, als er war; so war er indes noch durchgeschlüpft. Er suchte nun seinerseits dem Mareili auch Freude zu machen. Er wußte, daß sie die Blumen lieb hatte; da suchte er denn zusammen, was er von Blümlein fand, und entdeckte allerlei verborgene duftende Kräutlein für sie: »Lueg, Mareili, das schmeckt so wohl!« Auch brachte ihm der Vater hier und da auf seine Bitte von den schönen, seltenen Alpenblumen mit, die nur auf den höchsten Berggipfeln wachsen; da strahlten Mareilis Augen vor Freude, und wenn die Blumen welken wollten, trocknete sie alle und hob sie auf in dem Gebetbuch der Mutter. Und noch ein Kleinod hatten die Kinder, um dessen Besitz Peterli weit umher beneidet wurde: ein kleines Büchlein, prachtvoll rot eingebunden, mit goldenem Schnitt; darin waren prächtige Bilder, wunderschöne Frauen, auch Ritter auf Pferden, und Straßen mit stattlichen Häusern. Das Büchlein, das wohl einmal ein fremder Reisender verloren, hatte Peterlis Vater auf einem Berge gefunden; das war ein Schatz und eine Herrlichkeit! Peterli hatte es dem Mareili aufzuheben gegeben, und die holte es nur selten hervor, daß es nicht verderbt werde; aber es war auch jedesmal ein Fest, wenn sie es wieder sahen. »Ach, wie schön muß es draußen in der Welt sein,« dachten sie beide, »wo solche schöne Frauen und Herren herumgehen!«

»Wenn ich groß bin, Mareili,« sagte Peterli, »da steig ich auch auf die Berge, wie der Vater; wenn man so hoch droben ist, da sieht man gewiß die ganze Welt, und da, wo mir's am besten gefällt, da steig ich hinunter. Wenn ich dann viel Geld habe, so bringe ich dir eine schöne, schöne goldige Haube mit.«

»Bis dahin,« sagte Mareili wehmütig, »bin ich im Himmel, da ist's noch viel höher droben, und da sieht man erst recht die Welt; aber dann ist's so schön, daß man gar nicht herunter mag.«

So machten die Kinder ihre Pläne, und waren dabei zufrieden mit ihren zerrissenen Kleidern und ihrem kümmerlichen Brot. Peterli wäre gar zu gern einmal mit dem Vater gegangen; aber der sagte, daran sei noch nicht zu denken, es sei ein so gefährlich Ding um die Berge; sie lassen einen nimmer los, wenn man's einmal verschmeckt habe. Da sah er sie denn nur von weitem, und die Schneeberge sah man in seinem Tal gar nicht.

In guten Sommern hatte der Vater einen schönen Verdienst: wenn aber auch keine Reisende zu führen waren, so liebte er, selbst auf den hohen Bergen umherzuklettern und neue Pfade und neue Aussichtspunkte für Reisende zu entdecken. Seines Vaters verwegenes Blut, welches der keckste und verwegenste Bergsteiger in der Runde gewesen, stak in Sepp. Am meisten zog's ihn immer auf den Pilatus, einen der höchsten unter den Bergen, die den wunderbar schönen Vierwaldstätter See umgeben. Er kannte jeden der seltsamen Zacken und Klippen, die dem Berg eine so wilde und abenteuerliche Gestalt geben. Wie oft schon war er an dem kleinen unheimlichen See gestanden, der, von finsterem Tannengestrüpp umgeben, seltsam gestaltete Nebel aufsendet! Der Volksglaube sagt, daß hier der römische Landpfleger Pontius Pilatus, von Reue und Verzweiflung durch alle Lande gejagt, seinen Tod gefunden habe; sein ruheloser Geist soll die Nebel aus dem See treiben, welche Unwetter bringen, und wer ihn einmal sieht, wie er sich auf dem Wasser hier und da zeigt, der lebt kein Jahr mehr.

Gespensterfurcht plagte den Sepp gar nicht; was ihn mehr als die Geheimnisse des Sees anzog, das war das Mondloch, eine tiefe Höhle, die durch den Felsen geht, aus der aber so todeskalte Luft strömt, daß es nicht möglich ist, tief in sie hineinzudringen. An der andern Endung erweitert sich dies Loch in die Dominikshöhle, in der man von fern ein Steinbild sieht, dessen rätselhafte Erscheinung schon viele Forscher beschäftigt hatte. Es ist die riesenhafte Gestalt eines sitzenden Mannes, vom Volke der heilige Dominik genannt, den viele für ein seltsames Naturspiel, mehrere noch für ein Werk von Menschenhand halten. Die Höhle, von schroffen, vorspringenden

Felsen umgeben, ist auch dem kecksten Bergsteiger unzugänglich, und so wäre hier ein Bild von Menschenhand ein unerklärliches Rätsel.

Sepp, der so oft schon Fremde hierhergeleitet, ihre Streite und Vermutungen über diese Erscheinung gehört, mußte sich selbst Tag und Nacht mit dem Gedanken Plagen, wie wohl das Rätsel zu ergründen sei.

Einmal gelang es ihm, bis auf den Rand des überhängenden Felsen zu kommen, der von oben die Höhle deckt; keck wie kein anderer, befestigte er ein Seil an den Felsenzacken und ließ sich daran hinab, so daß er über der Höhle schwebte. Hirten, die weiter unten am Pilatus weideten, sahen diese Kühnheit und schrien laut auf vor Entsetzen. Aber sie sahen, wie er sich an dem Seile wieder aufschwang, bis er den Felsen mit den Händen packen konnte, und unversehrt seinen Weg zurückfand.

Die Kunde, daß Sepp in der Dominikshöhle gewesen sei, verbreitete sich weit. Ein reisender Engländer, der eben in Luzern war, ließ ihn zu sich bescheiden, beschenkte und bewirtete ihn reichlich und fragte ihn, was er nun von dem Bilde ergründet.

»Ich halte es für ein künstlich ausgehauenes Bild,« behauptete Sepp; »wie es einmal dahingekommen, das weiß Gott! aber ich sah deutlich den Kopf und das Gesicht. Wäre nur mein Strick länger gewesen, so hätte ich näherkommen können.«

»Würdest du dir noch einmal getrauen, mit besseren Hilfsmitteln in die Höhle zu gelangen?« Sepp besann sich einen Augenblick. »Herr,« sagte er, »es ist grausig, wenn man da oben hängt, und ich habe ein einziges Kind!« – – –

»Da sind zehn Louisdor,« sagte der wißbegierige Engländer; »dazu will ich zwei Männer bezahlen, welche dir die Stricke oben befestigen helfen, und dir das Zurücksteigen erleichtern. Das Geld soll dein sein, wenn du wirklich in die Höhle eingedrungen bist und mir die Wahrheit dessen, was du an dem Bild gefunden, beschwören kannst.«

Sepp zögerte noch lange; aber das schöne Geld, das seinem Peterli so wohl käme und sein eigener, unwiderstehlicher Drang, die Geheimnisse der Bergwelt zu ergründen, siegten. Er ließ sich das

Geld zusagen; für den Fall, daß er bei dem Versuche zugrunde ginge, sollte es seinem Kinde werden, und er versprach, denselben schon am nächsten Tage anzustellen.

Sepp schalt mit sich selbst, daß er diesmal mit so schwerem Herzen an ein Wagnis dachte, das doch nicht das keckste war, das er schon bestanden; aber er konnte es nicht ändern. Als der Engländer die bedungene Summe dem Wirt für ihn übergab, da war ihm, als hätte er Leib und Seele verkauft.

Langsamer als sonst ging er nach Hause, um sich für den andern Tag zur Reise zu rüsten und das Nötige herbeizuschaffen. Peterli war hocherfreut, als ihm der Vater einen großen Weck mitbrachte, und noch Käse zur Zehrung für den nächsten Tag. Es war früh am Morgen, fast noch dunkel, als Sepp leise von dem Lager aufstand, das er mit Peterli teilte, Peterli hörte ihn doch und richtete sich halb auf: »Gehst schon, Ätti?«

»Ja, Büebli,« sagte Sepp, hob ihn auf und küßte ihn, was sonst gar nicht seine Sache war.

»Was hast, Ätti?« fragte der Knabe verwundert.

»Nichts, Büebli, gar nichts!« und er ging. Vor dem Haus aber kehrte er noch einmal um: »Komm' z'Nacht gewiß heim, Peterli, wenn ich auch noch nicht da bin! ich komm' vielleicht spät.«

»Schlaf ja alleweil da,« antwortete der Peterli, der schon wieder am Einschlafen war. Sepp aber schritt ganz nachdenklich vorwärts und blickte noch gar manchmal nach seiner Hütte zurück.

Peterli schlief gehörig aus; es war ein trüber, grauer Tag und wurde spät hell in dem tiefliegenden Häuschen. Endlich stand er auf, aß den Rest seines Weckens, auch etwas Käs; seinen andern Vorrat wollte er drüben bei Mareili verzehren. Dann las er die raren Steinchen und Muschelschalen aus, die er nach und nach selbst gesammelt und vom Vater erhalten; er hatte feine Freude an den wunderlichen Gestaltungen der Steine, die bald wie ein Blatt, bald wie ein Hörnchen geformt waren. – Wie eigentlich diese Schneckenhäuschen und Muscheln so hoch hinauf auf die Berge gekommen, darüber besann sich der Peterli nicht im mindesten.

Aber es war kalt; er wollte zu Mareili hinüber, wo er hoffte, eine warme Stube zu finden: so machte er sich auf und ging sachte, wie er's gewohnt war, seinen wohlbekannten Weg hinüber.

Mareili saß richtig in der Stube am Ofen; die Mutter war in der Stadt, die Geschwister noch in der Schule, von der sie erst zur Abendzeit kamen. Peterli half ihr beim Strohflechten, weil er sonst große Langeweile gehabt hätte, und sie erzählte ihm allerlei schöne Geschichten von der Frauenblümlisalp, wo hoch, hoch droben über ewigem Schnee und Eis eine wunderschöne grüne Matte sei, auf der das arme Vieh, das harte Leute zu tot geplagt, weiden und grasen dürfe in Ruh und in Fülle; von reichen Bauersleuten, die üppig und gottlos gelebt und den Armen ihr Haus verschlossen, wie dann aber eine Lawine gekommen und all ihr Hab und Gut verschüttet: da liegen sie nun tief drunten in Nacht und Qual. Manchmal will die Bäuerin noch kochen, dann sieht man den Dampf aus dem Boden steigen; aber das Feuer brennt nicht hell, und sie müssen Mangel leiden inmitten ihres alten Überflusses. Und Peterli spitzte beide Ohren und hörte zu und schrak zusammen, wenn draußen nur der Wind durch die Bäume fuhr.

Gegen Mittag langte Mareili eine Milch vom Ofen, die ihr die Mutter hingestellt hatte, und Peterli zog seine Schätze an Brot und Käs hervor. Die Kinder teilten redlich und kamen sich gar reich vor bei ihrem Schmaus; sie nahmen sich wohl Zeit dazu, und es wurde spät, bis sie wieder an die Arbeit kamen.

Noch war lang nicht die Zeit, in der Mareilis Brüder von der Schule heimkommen sollten, als diese schon atemlos, lärmend wie das wilde Heer, hereinstürzten. Einer überschrie den andern: »Peterli, Peterli, dein Vater ist zu tot gefallen!« Jeder hatte der erste sein wollen, der die Botschaft überbrachte. Peterli war wie betäubt, er wußte gar nicht recht, was sie sagen wollten. Mareili wehrte ihnen ab, sie fingen aber immer wieder an: »Totgefallen ist er, vom Pilatus herunter! die Mannen sind fort und suchen ihn.«

Bald kam auch die Mutter heim mit der traurigen Kunde. Sepp war mit andern Führern wieder auf den vorstehenden Fels geklettert, wo sie das längere Seil befestigten. Der Engländer wartete weiter unten in einer Sennhütte. Wie das letztemal hatte Sepp sich an dem Seil hinabgeschwungen, aber es wollte lange nicht gelingen, es in eine Richtung zu bringen, wo es möglich gewesen wäre, in die Höhle zu kommen; an den zackigen Felsen zerrieb sich das Seil, das nicht neu war: – im Augenblick, wo Sepp sich an die Felsen klammern wollte, riß es, und er stürzte in den Abgrund.

Seine Begleiter suchten nun den Leichnam; der Engländer hatte das Geld zurückgelassen und war abgereist. »Du armes Büeblil« sagte die Mutter, während Mareili bitterlich weinte und schluchzte, »was tust jetzt du auf der Welt?«

Peterli weinte nicht, er verstand alles noch nicht, der Tod war ihm nie so nahe getreten; er konnte es nicht glauben und versicherte immer wieder, er müsse heim, der Vater habe gesagt, er komme gewiß wieder.

So ging er in die Hütte zurück und legte sich auf das Lager; er hatte schon oft allein geschlafen, heute aber war's ihm unheimlich; er schlief jedoch zuletzt im Weinen ein.

Wie er aufwachte, war's hoch am Tag. Der Vater lag nicht neben ihm; er ging heraus, um wieder zu Mareili zu gehen. Wie er aber aus der Hütte trat, kamen ihm vier Männer entgegen, die trugen eine Bahre mit einem alten Teppich zugedeckt. – Sie sahen das Kind und hatten Mitleid; sie winkten ihm, abseits zu gehen, als sie die Bahre niedersetzten. Peterli wollte nicht, er deckte den Teppich auf.

»Nit, Büebli, nit!« sagte einer der Männer.

Es war zu spät. Da lag sein Vater, bleich und blutig mit zerschmettertem Kopf und zerbrochenen Gliedern. Jetzt sah er, was der Tod war und brach in jammervolles Weinen aus. Man brachte den Knaben in Mareilis Haus, das ihn lange vergebens zu trösten suchte; er konnte sogar nicht essen, was man nie bei Peterli gesehen hatte, und blieb traurig, bis der Schlaf sich wieder über ihn erbarmte.

Am andern Morgen wurde der kecke Sepp begraben; wie sein Vater, hatte auch er nun zwischen den Klippen seinen Tod gefunden. Obwohl man sein Wagnis für Gott versucht hielt, so erregte doch sein schauriges Ende aller Mitleid, und wer es noch erfuhr in der Gegend, begleitete ihn zu Grabe. Den Peterli ließen sie vorangehen. Mareilis Mutter hatte ihm, so gut es ging, einen Traueranzug aus entlehnten Kleidern zugerichtet. Er ging gar traurig mit, und als er den Sarg versenken sah, und die Erde daraufrollte, da überkam ihn ein recht trostloses Gefühl von Verlassenheit, so wenig Liebe und Fürsorge er auch von dem Vater genossen hatte.

Das Geld von dem Engländer und der Erlös aus der geringen Habseligkeit des Sepp reichten hin, die Leichenkosten zu bestreiten, dem Peterli einen guten Anzug anzuschaffen, und noch für die ersten Jahre etwas für seine Unterbringung zu bezahlen.

Mareilis Mutter wollte ihn zunächst behalten; aber die Gemeinde, die für Peterli zu sorgen hatte, gab das nicht zu. Der Bub sei so verwahrlost, hieß es, noch nicht einmal in der Schule gewesen, und doch schon über acht Jahre alt; er müsse in ein Haus, wo ein Mann sei, der ihn beizeiten zum Bauerngeschäft anhalte, dazu sei ein Weib nicht geeignet.

So mußte denn Peterli Abschied nehmen von seinem Mareili und seinem Häuschen, und mußte mit einem alten Bauern, der sich erboten hatte, ihn zu nehmen, noch weit hinein in die Berge. Es war ihm gar trübselig ums Herz, wie er mit dem Bauern so weiterschritt, nicht als ob es jetzt in die weite Welt hinausginge; es dünkte ihm, es gehe aus der Welt hinaus: er fing an zu weinen. »Was heulst?« fragte der Bauer in gleichgültigem Ton; »ist unnötig!« und Peterli schwieg.

Auf dem Hof des Bauern führte der Peterli wieder ein gar einsames Leben; das Gut war nicht sehr groß, und niemand da, als die alte Bäuerin, eine schmutzige Magd und ein Knecht. Die Bäuerin hörte nicht wohl, der Bauer sprach nicht gern; »'s ist unnötig,« war stets sein Bescheid, wenn die Frau gern etwas von draußen erfahren hätte; so gingen sie denn nebeneinander her und taten sich nichts zulieb und nichts zuleid. Die Magd und der Knecht hatten beständig Streit miteinander; wenn sie einen Tag lang einander angeschrien hatten, so trutzten sie am andern und redeten nichts. Peterli sollte allen helfen und konnte und verstand doch nichts. Er hatte in des Vaters Hütte und beim Mareili so für sich hingelebt, an keine ernstliche Arbeit gewöhnt; da war er gar ungeschickt zu all dem Bauerngeschäft, und obwohl niemand besonders hart gegen ihn war, mußte er doch zehnmal des Tages hören: »Aus dem Buben wird nichts; er ist eben nicht von rechten Leuten.«

Dem Peterli, der in kein freundliches Auge mehr sah, kein trauliches Wort mehr hörte, war's wie einem Pflänzlein, das aus sonnigem Land in einen Topf verpflanzt und in den Winkel gestellt wird. Es war wahrhaftig keine große Herrlichkeit gewesen in der armseligen Hütte des Vaters und auf der Bank vor Mareilis dürftigem Haus, und doch kam ihm jene Zeit wie ein verlorenes Paradies vor; er hätte nur noch ein einzigmal beim Mareili sitzen und ihre Geschichten hören mögen, oder auf den Vater warten, der ihm schöne Blumen und Steine brachte. Das Buch mit den Bildern hatte er Mareili zum Andenken gelassen; sie hatte ihm dafür ein Fragenbuch geschenkt mit ein paar schönen Heiligenbildern darin, das er in der Schule brauchen konnte.

Das Beten hatte er fast ganz verlernt, er meinte, man könne nur mit Mareili beten; der Bauer las zwar alle Morgen einen Morgensegen, aber der Peterli dachte nicht viel dabei, er war von daheim nicht an die fromme Sitte gewöhnt worden. Daß man beten könne ohne auswendig gelernte Worte, so recht nach des Herzens Antrieb, das hatte er nie recht begriffen, und es fiel ihm gar nicht ein.

Nach Weihnachten kam er in die Schule; das war ein großer Wechsel in seinem Leben. Er war größer als die meisten Schulbuben und viel unwissender; so wurde er von allen ausgelacht und mußte zuerst auf einem besonderen Stühlchen neben dem Schulmeister sitzen. Das dauerte aber nicht lang. Der Schulmeister war ein alter, freundlicher Mann; wenn der ihn hernahm und sagte: »Lueg, Peterli, das ist ein i, will seh'n, ob du's 's nächstmal weißt,« dann fragte Peterli, solang der Schulmeister bei den andern war, schnell privatim noch die Buben um andere Buchstaben; kam dann der Schulmeister wieder und fragte: »Jetzt, Peterli, was ist das?« so rief der ganz stolz:

»Das ist ein i, und das ist ein a, und das ist ein e,« und das Vergnügen des Schulmeisters spornte ihn zu immer neuer Anstrengung. Mit dem Schreiben wollte es anfangs weniger gehen, die geraden und schiefen Linien waren dem Peter entsetzlich langweilig. Als ihm der Schulmeister das erstemal vorgeschrieben hatte und fragte: »Nun, Peterli, hast's schön nachgeschrieben?« da sagte der Peterli unbefangen:

»Nein, ich hab' lieber einen Bock g'malt.« Als er aber nach und nach begriff, was man für schöne Sachen schreiben könne, so fing er doch an, sich Mühe zu geben, und der alte Abc-Schütz hatte bald die andern überholt; ja, er wurde so wohl dran bei dem Schulmeister, daß er in dessen Abwesenheit die Aufsicht führen durfte, worüber die Bauernsöhne sich sehr beklagten. Peterli war aber ein gnädiger Statthalter, und ließ sich hier und da mit ein paar raren Steinchen bestechen, einen Schuldigen wieder auszustreichen.

Wegen seiner Freude an Pflanzen und Steinen hießen ihn die Kameraden den Steinpeterli.

Weit kam es freilich nicht mit seiner Gelehrsamkeit, denn im Sommer durfte er nicht in die Schule, sein Bauer hielt das für unnötig. Seine Sehnsucht nach der weiten Welt war noch nicht befriedigt worden; der Hof stak zwischen niedrigen Hügeln, die mit struppigem Gebüsch bewachsen waren. Da hütete er seine Geißen, und wagte nicht, weiter hinauszuziehen auf die höheren Berge. »Ist unnötig,« meinte der Bauer, wenn er Lust dazu bezeugte; »dein Ahne hat den Hals gebrochen, dein Vater auch; ist unnötig, daß du ihn wieder brichst.«

Peterli hielt aber seine Geißen gut; er wußte ganz genau, von welchen Sträuchern und Kräutern sie am liebsten fraßen, und trieb sie dahin.

Auf dem Feld war der Bauer nicht sonderlich mit ihm zufrieden; einmal war er zwar groß, aber etwas schmal und schmächtig für sein Alter, und dann hatte er eine viel zu große Freude am »Unnötigen«. Wenn er anfing, seine Steine in Reih und Glied zu legen; wenn er einen Jubel anschlug über die vielen Rittersporn und Kornblumen im Ackerfeld; wenn er seltsame Vogeleier heimbrachte: so schüttelte die Bäuerin den Kopf. »Das gibt keinen Bauer,« sagte sie zu ihrem Mann.

»Ist auch unnötig!« schrie ihr der in die Ohren; »wird doch keiner.«

»Gibt aber auch keinen Knecht,« fuhr sie fort, und da konnte er ihr nicht widersprechen.

Hatte die Bäuerin den Peterli daheim zur Hilfe im Garten und Haus, so fand sie ihn weniger unbrauchbar; er kannte die Küchengewächse aufs beste, hielt das Gärtchen gar sauber, und verschönerte es mit Blumen, zu denen er den Samen bei der Schulmeisterin gebettelt hatte. Rühmte nun die Bäuerin diesen Vorzug beim Bauer, und sagte: »Lueg einmal, wie sauber jetzt das Gärtlein ausschaut!« da meinte der wieder:

»Ist ganz unnötig.«

Einmal war gar ein nasser Sommer und Peterli fand, daß seine Geißen nicht recht gedeihen wollten in den niedrigeren Gründen; da beschloß er denn, dem Bauern einen Zug auf die höheren Berge vorzuschlagen. Dieser Plan war die erste Freude, die er seit lange hatte. Er lebte sonst so schweigsam und trübselig dahin, wie alle Bewohner seines Hofs, der nicht umsonst Einöd hieß. Was ihn freute, das freute niemand sonst; was ihn betrübte, das war den andern gleichgültig; der alte Schulmeister war gestorben und der neue bekümmerte sich nicht um ihn.

Endlich hatte er die Erlaubnis zu seiner Alpenfahrt herausgeschlagen, so »unnötig« es dem Bauern auch vorkam. Er rüstete sich eifrig aus wie ein rechter Sennhirt, obwohl ihn der Knecht auslachte, daß er ein altes Horn umband, das sonst nur ein Kuhhirte trägt.

Lang vor Tag zog der Peterli aus und suchte seinen Weg auf den Berg; das Herz klopfte ihm vor stiller Erwartung, wie er so in der duftigen Früh dahinschritt. Als er begann, den Berg zu besteigen, kamen ihm mancherlei Gedanken an seinen Großvater, der hoch oben unter dem ewigen Schnee die Gemsen verfolgte, keck wie keiner, bis er eines Tages nimmer heimgekehrt war; an den Vater, wie er ihn am letzten Morgen geküßt hatte, und wie er nach einmal umgekehrt, eh' er auf den Berg gegangen war in seinen Tod. Es war Peterli gar ernst zumut. »Sollt' ich auch meinen Tod finden auf dem Berg, wo mich's so hinverlangt?« dachte er bei sich. Währenddessen stieg er immer höher und höher, immer den Geißen nach, in großer Sorge, daß sich keine verlaufe; aber er sah nichts, Gestrüpp und Felsen hemmten jede Aussicht.

Endlich war er hoch hinaufgestiegen; die Geißen, die sich sattgefressen hatten, legten sich müde nieder, auch Peterli war müd; aber er trat noch hinaus auf einen kleinen Vorsprung, um, wie er hoffte, endlich die Welt zu sehen.

Ja, da stand er, und gar wundersam war dem Büblein zu Sinn; nicht in die Welt, in den offenen Himmel glaubte er zu blicken, so wunderbar schön breitete sich's aus vor seinen Augen.

Tief unten lag der dunkelgrüne See; weiße Segelschiffchen glitten ferne, wie weiße Tauben, darüber hin; die mächtigen Berge spiegelten sich in seiner stillen Flut; dicht am Ufer standen freundliche, helle Dörfer, da und dort ein einsam Kirchlein, – unabsehbar weit breiteten sich die Gebirge aus, und hoch über ihm ragten die geheimnisvollen Gletscher blendendweiß in den tiefblauen Himmel hinein. Es war zu viel, zu wundersam vor seinen Augen, er wußte nicht, was er tat; er faltete seine Hände und betete:»O, lieber Herrgott, wie ist deine Welt so gar schön und so groß! gib mir auch einmal ein Plätzchen darin zu eigen!«

Ach, es war gar zu schön, und wie die herrliche, frische Bergluft den Peterli umströmte! Da ward's ihm so Wohl auf der Welt, so wohl, wie noch gar nie; und er dachte sich kein schöneres Los auf der Erde, als Küherbub zu sein, und an einem grünen Berg zu liegen all sein Leben lang. Als er sich sattgesehen, legte er sich hin und aß von seinen Vorräten; aber immer wieder mußte er hinaus und hinunterblicken und aufjauchzen vor lauter Heller Lust.

Gar still war es auf dem Berge und still in Peterlis Herzen. Er hatte viel schöne Sprüche gelernt von Mareili und in der Schule, er hatte sie dort mit lauter Stimme heruntergeleiert und nie etwas dabei gedacht. Jetzt aber wachten sie alle wieder in ihm auf, und er sagte sie sich laut her; er verstand es hier so gut:

»Herr, mein Gott, du bist sehr herrlich, du bist schön und prächtig geschmückt. Licht ist dein Kleid, das du anhast; du breitest aus den Himmel wie einen Teppich.«

»Herr, wie sind deine Werke so groß und sehr viel! wer ihrer achtet, der hat eitel Lust daran.«

Dann war er freilich wieder fast nicht so keck, zu beten; der Herr in dem hohen Himmel droben, dem all die große, reiche und schöne Welt gehörte, wie konnte er an so ein armes Hirtenbüble denken! Und wenn Gott so reich war, warum gab es doch soviel arme und traurige Leute auf der Welt? Er dachte an Mareili mit ihrem lahmen Fuß, an ihre arme Mutter, an seinen Vater und ihre Hütte, und er konnte das wieder nicht begreifen. »Wenn ich der liebe Gott wäre, ich gäbe allen Leuten schöne Häuser an den Bergen herum und viel Kühe; es müßte doch viel lustiger für den lieben Gott selber sein, wenn er auf lauter vergnügte Leut' 'runter sähe!«

Da fiel ihm aber wieder ein, was ihm Mareili oft von reichen und hartherzigen Bauersleuten erzählt,'– das konnte doch nicht lustig sein für den Herrgott, und er fühlte, wie er, ein arm's Hirtenbüble, es doch dagegen so gut habe.

Und nun erst dachte er recht an die Geschichte vom lieben Heiland, der aus dem schönen prächtigen Himmel heruntergekommen sei, auch ganz arm; der sei ja jetzt bei dem lieben Gott und wisse alles von den armen Leuten auf der Welt, und der denke wohl auch an so ein armes Büble.

Alle die schönen Geschichten der Bibel, die er gelesen und gehört, ohne nur etwas dabei zu denken, wurden ihm jetzt lebendig, und die stille Einsamkeit des Berges lehrte ihn mehr, viel mehr, als aller Verkehr mit Menschen, seit er nicht mehr beim Mareili war.

Von da an wußte Peterli von keinem andern Leben, als von dem auf den Bergen. Der Herbst, an dem man von der Alme 'runterzieht, war ihm die traurigste Zeit; das Geläute der heimkehrenden Herden klang ihm wie ein Grabgeläute. Aber als die Schule wieder anfing, machte es ihm doch auch Freude; er hatte sich in der Bergstille an seinen schönen Sprüchen und Liedern so sehr ergötzt, daß er gern wieder neue lernen wollte. In seinen stillen Gedanken auf dem Berg droben war ihm so manches aufgestoßen, worüber niemand Auskunft geben konnte; nun fragte er den Schulmeister und sogar den Herrn Pfarrer so viel, daß man ihn jetzt nimmer den Steinpeterli, sondern den Fragenpeterli nannte.

Sein Meister, dem er doch nicht recht war, ließ es ohne Schwierigkeit zu, daß er sich als Sennerbub bei einem reichen Bauern verdingte, der viel Vieh hatte; so war denn nun seine Heimat ganz auf der Alme. Er ging sorgfältig mit dem Vieh um, namentlich studierte er seine Krankheiten und fand allerlei Kräutlein, die ihm dienten; aber doch war ihm dies Nebensache, sein Leben war der Berg. Wie freute er sich, nun die seltenen Blumen Edelweiß und Alpenrosen in ihrer eigenen Heimat selbst zu finden; wie oft dachte er dabei an das Mareili, von dem er jetzt noch viel weiter entfernt war, und wünschte, sie ihm bringen zu können; und wie reich wurde hier seine Steinsammlung, die er in zierlicher Ordnung in einer verborgenen Grotte bewahrte!

Peterli war längst aus der Schule und ein großer Bursch, obwohl von etwas feinerem Bau und Aussehen als die Bauernbursche und Sennkechte der Gegend. Die Wunder der Bergwelt waren gar nichts Neues und Fremdes mehr für ihn; aber doch hauste er am liebsten da oben und hatte wenig Sinn für die Belustigungen seiner Altersgenossen, was ihm viel Neckerei zuzog.

In die Welt hinaus lüstete ihn noch immer, und doch war er noch nicht einmal über seine nächsten Berge hinausgekommen; er lebte so hin, wie sich's von selbst gab und wußte nicht recht, wie er's angreifen sollte, in die Welt zu kommen.

Eines Tags lag er nach seiner Gewohnheit an einem grünen Abhang, sah hinaus und hinunter und besann sich, wie's wohl in den vielen Orten in der Welt drunten aussehe; da kamen zwei fremde Herren mit Alpenstöcken und Botanisierbüchsen heraufgeklettert. Fremde sind für keinen Schweizer etwas Neues; doch war es selten, daß welche auf Peterlis Berg kamen, der nicht zu den höchsten und besonders genannten gehörte. Der eine der Herren hatte einen Stock, an dem ein Hammer angeschraubt war; er setzte sich bei jedem Stein, der ihm bedeutend erschien, und Hub an zu klopfen; auch waren seine Rocktaschen schon so schwer von Steinen, daß sie ihn fast herunterzogen; der andere schien es auf Gras und Kraut abgesehen zu haben, er raufte alle Augenblicke ein Pflänzlein aus, zupfte daran, betrachtete es durch ein Glas und steckte es dann in seine Büchse. Peterli sah geruhig ihrem Treiben zu; daß solche Herren eine Freude an Steinchen und Blümlein hatten, das hatte er wirklich nicht gewußt. Der Herr mit dem Hammer schien nicht sehr zufrieden mit dem, was er gefunden.

»Guter Freund,« rief er hinauf, als der den jungen Hirten gewahrte, »Ihr habt nicht viel Rares auf Eurem Berg da!«

»So?« meinte Peterli; »ich will dem Herrn einmal *meine* Steine zeigen.«

Mitleidig lächelnd folgte der Steinklopfer dem Peterli, der ihn auf allerlei halsbrechenden Wegen zu seiner Grotte führte. »Wird was

Schönes sein, ein paar glatte Kiesel oder ein Schleifstein!« Der Gras-
rupfer stieg brummend nach. Nun waren sie in der Grotte; Peterli
zeigte seine Schätze vor und glaubte nun, der Herr wolle ganz und
gar närrisch werden vor Freude und Verwunderung; er hüpfte herum, er drehte sich auf dem Absatz, er packte Peter beim Wams:
»Juwel von einem Viehhüter!« schrie er; »du ausgezeichneter Bursch, du Glücksvogel, wo hast du diese Prachtexemplare her, diesen
Quarz, diesen Kristall? Da sieh nur, du lederner Grashüpfer du,«
rief er dem andern zu, »der du die Schönheiten der Steinwelt nie
fassen willst! sieh diese Krebsschere in einem Schiefer, dieses Palm-
blatt! was sind da eure grünen Dinger dagegen, die in einer Stunde
welk sind? das ist unvergängliche Schönheit!«

»*In verbis, herbis et lapidibus*,« sagte bedächtig der Botaniker, der
auf der andern Seite der Grotte merkwürdige Entdeckungen gemacht hatte. »Dieser Ausbund von einem Alpenbauer ist scheint's
auch ein botanisches Genie; hier ist, nur leider unrichtig gepflückt
und unvollkommen gepreßt, eine Sammlung von Alpenpflanzen,
wie ich sie in den letzten Tagen gesucht habe.«

»Ich sag's ja,« rief mit neuem Entzücken der Steinklopfer, »es ist
ein göttlicher Geißhirt! Könnt' ich doch meinen hölzernen Studenten den Blick dieses Naturkindes geben! Nein, dieser Petrefakt!«
und er vertiefte sich aufs neue in den Anblick eines vieltausendjäh-
rigen Bockshorns.

Peter glaubte wirklich lange Zeit, der Herr müsse von Sinnen
sein, da er ihn immer wieder und wieder am Wams packte und ihn
in seinem Entzücken fast den Berg hinabgeworfen hätte. Auch verstand er das Hochdeutsch nicht, das der Herr mit so flinker Zunge
sprach. Der Botaniker, der ruhiger und nüchterner war, setzte sich
endlich mit ihm ins klare und von ihm erfuhr er, daß die beiden
Herren Professoren an einer deutschen Universität waren und eine
wissenschaftliche Erholungsreise zusammen machten. Professor
Glimmer, der Geolog, wünschte ihm seine Steinsammlung, in der
freilich manches für ihn unbrauchbar war, für sein Kabinett abzu-
kaufen; der Botaniker konnte zwar seine Pflanzen nicht für ein Her-
barium brauchen; aber er wünschte, daß er sie auf ihrer Gebirgsrei-
se begleiten möge, um ihm die versteckten Winkel der Alpenpflanzen aufspüren zu helfen.

»Ja, das geht nicht,« sagte Peter, in dem die Reiselust mächtig erwachte, und kratzte sich hinter den Ohren; »das Vieh kann ich nicht verlassen.«

»Viehhirten gibt es genug in diesem gesegneten Lande,« rief Dr. Glimmer, »aber kein erlesenes Genie, wie du bist!«

»Dein Meister wird schon einen Stellvertreter für dich finden,« sagte der Botaniker.

»Das wird er freilich,« meinte Peter; »aber mich nimmt er nachher nicht mehr; Knechte gibt's genug, aber Amtsverweser sind nicht Mode bei Bauersleuten.«

»Ich behalte dich ganz!« rief der Geologe wieder, »ganz und gar, mit Haut und Haar, und sorge für deine Zukunft. Einen solchen Diener für mein Kabinett habe ich noch nicht gefunden; da sollst du Steine sehen, Jüngling, nach Herzenslust, und die Welt obendrein!«

Immer lockender klangen dem Peter diese Verheißungen. Die weite Welt breitete sich in all ihrer Herrlichkeit vor seinen Geistesaugen aus; die Reise, der neue Beruf, die Lobpreisungen des Fremden, wie komisch übertrieben sie auch waren, reizten ihn. All sein Lebtag hatte noch niemand soviel aus ihm gemacht, und es war doch ein wohlfeil verdienter Ruhm mit ein Paar gefundenen Steinchen. Er sah die lange, hohe Gebirgskette an, die er durchwandern sollte; wie berühmt wollte er da erst werden, wenn er auf den Bergen allen herumsteigen dürfte!

Der Steinprofessor meinte, er solle sogleich seine Kühe und Geißen dem Schicksal überlassen und mit ihnen ziehen. Dr. Braun, der Botaniker, sah wohl ein, daß das nicht anginge, und ließ sich den Hof seines Meisters zeigen, um einstweilen mit ihm zu unterhandeln.

Die Herren stiegen hinab, da Peter erst auf den Abend, wenn der Melker heraufkam, sein Vieh verlassen konnte, und er blieb zurück, versunken in goldene Träume von der Herrlichkeit der neuen Welt.

Die Sache machte sich, obgleich Peters Meistersleute sehr mißtrauisch gegen die Fremden waren und dem Peter abrieten, ihnen zu folgen. Dr. Braun besorgte seinen Reisepaß beim Gericht und wies dort sich und seinen Freund gehörig aus. In der Stadt wurde auch ein schicklicher Reiseanzug und ein starker Lederranzen für Peter gekauft, und so war er ausgerüstet zum Zug in die große weite Welt.

Schon saß er mit seinem Herrn beim Abendessen im Wirtshaus, er, das arme Knechtlein. Wirt und Wirtin, die seine Herkunft wohl kannten, verwunderten sich, aber keines so sehr, als der Peter selbst. Da fiel ihm mit einemmal das Mareili ein, die er so lange Jahre nicht gesehen hatte; von der sollt er doch Abschied nehmen.

»Nun, morgen geht's in die Berge hinein,« sagte Dr. Glimmer; »da nimm dich zusammen, du göttlicher Kuhhirt, daß du keine von euren Herrlichkeiten außer acht läßt!«

»Ja, wenn's die Herren erlauben wollten,« sagte Peter etwas schüchtern, »möcht' ich morgen zuvor noch einen Besuch machen.«

»Bei wem denn?« fragte Dr. Braun; »du selbst hast ja gesagt, daß du keine Eltern und Verwandte hast.«

»Ja ... ich möchte Abschied nehmen vom Mareili.«

»Was, schon eine Braut! ein so blutjunger Bub, wie du bist! Das ist viel zu bald.«

»Nein, nein,« sagte Peter, tief errötend; »das Mareili ist älter als ich, ein armes krankes Mädchen und lahm, aber sie hat mir viel Gutes getan, wie ich noch ein armes Büblein war; da möcht' ich sie noch einmal sehen. Wenn ich recht früh gehe, kann ich bis morgen Nacht wieder da sein; mein Meister hat mich nie so lang fortgelassen.«

»Nun, so geh und richt' dem Mareili einen schönen Gruß von uns aus! wir müssen eben noch einen Rasttag machen.«

Peter ging noch bei Licht aus, um ein Geschenk für Mareili zu kaufen; er hatte ein paar Taler Lohn von seinem Meister in der Tasche. Er dachte an ein seidenes Tuch, an eine schöne Haube; aber er wußte ja, daß Mareili nie fortkam und keine Freude am Staat hatte. Da kam er endlich an einen Buchladen und kaufte ein schönes schwarzes Büchlein, weil es so fromm aussah; was darin stand, wußte er freilich nicht, aber er hatte nicht schlecht gewählt: es war Thomas von Kempen.

Glücklich mit seinem guten Fund, machte er sich lang vor Tag auf den Weg und schlug die Pfade ein, die ihn an seines Vaters alter Hütte vorbeiführen mußten. Es war Heller Tag, als er die Steige herunterging, auf der sonst der Vater heruntergekommen, dieselbe, auf der man seines Vaters blutige Leiche getragen, und es ward ihm recht wehmütig zu Sinn. Nun erst, wo's galt, die Heimat zu verlassen, fühlte er, wie so ganz allein er auf der Welt war.

Des Vaters Hütte sah sauberer aus, als zu seinen Zeiten, obwohl er sich verwundern mußte, daß sie so gar klein sei; fremde Kinder standen unter dem Fenster, er wollte nicht hineingehen.

Nun aber ging's den Weg, der von seinem Häuschen zu Mareilis Wohnung führte, auf dem er jedes Steinchen und jeden Grashalm kannte. Er hätte laut weinen mögen, wie ihm so die ganze Kinderzeit wiederkam; da das Brünnlein, aus dem er unterwegs getrunken, dort der Stein, auf dem er ausgeruht, und der kleine Hügel, von dem aus er allemal Mareilis Haus zuerst gesehen. Was war dies damals für eine weite Reise gewesen, die er jetzt mit ein paar hundert Schritten vollendete!

Nun ging's um die Ecke in Mareilis Garten. Die Sonne schien voll und freundlich auf das Haus und an die Fenster, vor denen Nelken und Balsaminstöcke standen. Auf der Bank im Gärtchen saß Mareili; wenn sie nicht so auf dem alten Fleck gesessen wäre, Peterli hätte sie nimmer erkannt. Sie war nun zur Jungfrau erwachsen, ihr Gesicht war bleich, noch bleicher als früher; aber sie hatte ein paar liebe, treue, blaue Augen, mit denen schaute sie verwundert den fremden Burschen an. Bald aber flog die helle Freude über ihr Gesicht: »Peterli!« rief sie, »bis Gottwillche (sei willkommen); kommst du auch noch einmal zu uns!«

Bald hatte Mareili die leichte Schüchternheit vor dem großen Burschen überwunden, und sie saßen zusammen und plauderten wie in alter Zeit, sie hatten so gar viel zu berichten. Mareili war nicht gesunder geworden, aber sie hatte nun eine Krücke, an der sie sich ordentlich forthelfen konnte: da ließ sie sich's nicht nehmen, ihren Peterli anständig zu bewirten. Sie brachte guten Kaffee und Eierkuchen, nachher Brot und Käse; ja, sie schickte sogar ein kleines Mädchen fort, die mit einem Fragenbüchlein zu ihr kam, um Wein zu holen, wie sehr auch Peter wehrte. Es schien ein gewisser Wohlstand in dem Häuschen eingekehrt zu sein: »Ich habe mein eigen Geld,« sagte Mareili wohlgefällig, als sie aus einem Schächtelein das Geld für den Wein nahm; »ich habe jetzt das Sticken angefangen und mache auch Totenkränze, das trägt immer ein Schönes ein.«

Es war Peter lange nicht mehr so wohl geworden, wie in Mareilis Stübli bei ihrem bescheidenen Gastmahl; und Mareilis Augen glänzten vor Freude, wie es dem Peterli nach seinem weiten Marsch so gar wohl schmeckte. Sie war allein wie sonst; die Mutter taglöhnte bei einer Bäuerin, die Brüder waren nun auch als Knechte fort; sie rühmte aber, wie es ihnen gar nicht schlimm gehe; die Brüder brächten von ihrem Lohn, und seit sie sticke, habe es ihnen noch nie am Nötigen gemangelt.

Peter hatte freilich noch mehr zu erzählen von seinen Erlebnissen, und Mareili horchte hoch auf, als sie vernahm, wie er durch seine Steine ein so wichtiger Mensch geworden, und nun in die weite Welt hinaus solle. Sie konnte gar nicht begreifen, wie man so weit fortgehen könne und nicht sterben vor Jammer. Aber sie wollte Peter doch auch nicht abreden von seinem Glück. Mit großer Freude nahm sie sein Geschenk an und machte ihm noch zum Abschied einen schönen Strauß von künstlichen Blumen zurecht.

Peter mußte bald ans Scheiden denken, er konnte nicht einmal die Mutter abwarten; sein Weg war weit, und er wollte Wort halten. Aber er hatte bis heute noch nicht gewußt, daß das Scheiden so weh tun kann. Immer wieder gab er Mareili die Hand, immer wieder sagte sie:

»Jetzt b'hüt dich Gott und verlerns Beten nicht!« Endlich war's zum letztenmal, und er schritt mit raschen Schritten seinen Weg zurück, nur einmal noch drehte er den Kopf; da saß Mareili im hellen Glanz der Abendsonne, – sie hatte die Hände gefaltet und blickte betend zum Himmel.

Ein lustiges Leben dünkte es dem Peter in den ersten Tagen: so auf den Bergen und in den Tälern herumzuklettern, da einen Stein zu entdecken und dort eine Pflanze; den lauten Jubel seines Herrn zu hören über eine neue Entdeckung, zu rasten im weichen Gras und dann am Abend reichlichen Schmaus und gute Nachtruh im Wirtshaus. Doch war's auch nicht lauter Herrlichkeit. Er, der Peterli, hatte seither sein Steinsammeln nur so ganz nach Muße betrieben, wo ihm eben etwas gefiel; daß er jetzt tagelang gar nichts tun sollte als Steinklopfen, das kam ihm doch oft strenge vor; dazu wurde sein Ranzen immer schwerer, und dem Doktor Glimmer wollte es gar nicht genug werden. Peter hielt sich wieder lieber zum Professor Braun und ließ sich die Pflanzen von ihm zeigen und erklären, nur hatte er immer gerne gewußt, wozu sie zu gebrauchen seien; das war aber dem Dr. Braun ganz gleichgültig, denn der suchte nur nach ihren Staubfäden und Samenkapseln.

Manchmal wußte er auch gar nicht, wohin springen, wenn er dem einen eine Pflanze graben, dem andern einen Stein abschlagen sollte. Auch entzweiten sich die Herren oft, wenn der eine in steinreiche, der andre in pflanzenreiche Gegenden gehen wollte; im Nachtquartier wurde aber immer wieder der Friede hergestellt.

Endlich ging's auf den Heimweg: die Steine hatten sich so vermehrt, daß sie Peter nimmer schleppen konnte; sie mußten in eine Kiste gepackt und mit der Post ans Ziel geschickt werden. Wie es aus den Bergen herausging, da ward dem Peter das Herz gar schwer, fast so schwer, als beim Abschied von Mareili. Auf der letzten Höhe meinte er, weit, weit noch den Berg zu erkennen, von dem er zum erstenmal die Welt geschaut; sein erstes Gebet fiel ihm wieder ein, in dem er den lieben Gott um ein Plätzchen auf seiner Welt gebeten hatte, – nun sollte seine Bitte erfüllt werden. Er sprach ein stilles Dankgebet und kämpfte sein beginnendes Heimweh nieder mit starkem Herzen; aber er fürchtete fast, auf dem ebenen Boden sei es gar nicht so leicht, den lieben Gott zu finden. Hast nicht umsonst gefürchtet, armer Peter!

Die Ferien waren aus, die Reise war vollbracht; die Professoren und der Peter, die Pflanzen und die Steine waren alle sicher angelangt in der schönen nordischen Residenzstadt. Peter ging ein paar Tage herum wie im Traum. Er kam sich wie ausgetauscht vor. Wohl sah er mit Bewunderung die prächtigen Häuser, die breiten Straßen, die schönen Tore; aber wenn sein Auge dann weiter und weiter suchte und nirgends seine lieben Berge sah, da schlug er's traurig wieder nieder.

»Was fehlt dir, Peter?« fragte Doktor Glimmer mitleidig.

»Ach, Herr Doktor!« seufzte er, »es ist mir, als ob der ganzen Welt die Nase abgeschnitten wäre.«

Peter hatte aber nicht viel Zeit zum Heimweh, und das war wohl gut für ihn. Die neuen Schätze mußten ausgepackt, geordnet, die alten wieder gereinigt werden, und Peter hatte genug zu tun, bis er nur das Nötigste über die Ordnung der vielen, vielen Steine und Mineralien lernte, was er wissen mußte, um seinen Dienst zu versehen. Sein Vorgänger im Amt, der schon lange gerne ausgetreten wäre und froh war, einen Nachfolger zu finden, belehrte ihn mit großer Weisheit. Doktor Glimmer selbst nahm sich seiner eifrig an und fand wirklich einen gelehrigen Schüler an ihm.

Es gehörten freilich auch allerlei Dienste zu Peters neuem Amt, die ihm weniger gefielen, als vorzeiten das Viehhüten. – Die Zimmer reinigen, tagelang Steine waschen und hin und her tragen, das dünkte ihm oft recht langweilig, und er freute sich sehr, wenn er in der Freistunde Professor Braun besuchen konnte, der, weniger feurig und enthusiastisch als sein Freund, sich mit größerer Geduld und Stetigkeit des jungen Menschen annahm, und ihm leicht verständliche Bücher lieh, in denen Peter ein ganz neues Licht über die Pflanzenwelt und ihre Bedeutung aufging.

In den Hof, wo Peter gar oft mit seinen Steinen beschäftigt war, gingen die Fenster einer Stube, in der ein gar lustiger Bursch ein Gewerbe trieb, das für Peter ein höchst anziehendes war. Er stopfte Tiere aus und stellte sie in allerlei ergötzlichen Stellungen unter sein Fenster. Wenn Peter morgens in den Hof kam, war es sein erstes, nach dem Fenster des Ausstopfers zu sehen. Einmal nagte ein Eichhörnchen an einer Nuß, dann breitete eine Eule mit grimmigem Gesicht ihre Flügel aus; am andern Tag steckte ein pfiffiges Wiesel seinen schmalen Kopf heraus, – es kam das dem Peter viel lustiger vor, als seine toten Steine, obgleich er diese mit großer Treue in Ordnung hielt.

Berno, so hieß der Ausstopfer, flößte Peter einen gewissen Respekt ein, obgleich sein Benehmen nicht sonderlich respektabel war.

Er trug Studentenkleider, zwar etwas schäbige, eine bunte Zerevismütze, und lief mit einer langen Pfeife über die Straße. Peters große Bewunderung für seine Kunstwerke stimmten ihn gnädig gegen ihn; er lud ihn ein, sein Atelier selbst zu besuchen, welches Atelier eine schmutzige, rauchige Stube war, und als hier Peter fast närrisch wurde über den drolligen Tierszenen, die Berno zu seinem eigenen Vergnügen gebildet, wurde dieser so gut aufgelegt, daß er Bier bringen ließ und mit dem jungen Schweizer schmollierte.

Peter besuchte ihn nun oft und ließ sich von ihm die Handgriffe seines Geschäftes zeigen; Berno belustigte sich an Peters schweizerischem Dialekt und seiner unschuldigen Weltanschauung und war überrascht von seiner lebendigen Auffassung aller Naturgegenstände bei so wenig Unterricht.

Doktor Glimmer sah diese neue Freundschaft nicht gern.

»Halt dich von dem Lumpen fern!« riet ihm auch Professor Braun; »er ist nichts als ein mißratener Student, der seine arme Mutter in Sünden um ihr Besitztum gebracht, und seine Zeit verjubelt und vertrunken hat, ohne es nur zu einem Examen zu bringen. Der Bursch hat Talent und könnte jetzt noch als Konservator sich anständig fortbringen, aber es muß gelumpt sein; er kann den Kreuzer nicht in der Tasche behalten.«

Berno selbst wußte seine Laufbahn dem Peter in viel anziehenderem Lichte darzustellen. »Siehst du, Schwyzer,« sagte er zu ihm, »mich hat man ursprünglich zum Studieren hierher geschickt; nun wäre es aber höchst langweilig, die Wissenschaft allein zu betreiben, solang man das Leben noch nicht recht kennt; das Studieren geht ganz nebenher, das Leben genießen ist die Hauptsache.«

»Meine Alte,« fuhr er fort, »hat freilich oft aufgeschaut, wenn sie meine Rechnungen gesehen. Es mußte eins ums andere heraus: des Großpapas silberne Schnupftabaksbüchse, des Papas goldener Sackzwiebel, die goldene Kette, die ihr der Vater zur Hochzeit geschenkt; ich versicherte aber die Mama, die Kette stünde ihr doch nicht mehr gut und sie habe dafür den flottesten Studenten zum Sohn. – Aber es nimmt alles ein Ende, und wenn nicht ein reicher Vetter jetzt die Alte erhalten müßte, 's ging ihr wahrscheinlich fatal. Bei mir war's nun eben auch aus mit der Herrlichkeit, und wenn ich nicht das Ausstopfen so gut verstünde, daß sie mich beim Naturalienkabinett nicht entbehren können, so ginge mir's noch knapper als meiner Alten; denn der Vetter hat sich verschworen, für mich nichts zu tun. Nun aber habe ich allezeit genug, um gutes Bier zu trinken, lasse mir nichts abgehen und schreibe rührende Briefe heim, wie ich mich säuerlich ernähre von meiner Hände Arbeit und oft kein trocken Brot habe zum Abendessen, und wie ich die Verirrungen meiner Jugend bereue: daß meine Alte drei Schnupftücher vollweint, und der Vetter einen neuen Schwanz an sein Testament gemacht hat, in dem er mich wieder einsetzt. Da muß ich denn warten, bis der alte Herr abschwebt, dann soll erst die Luft wieder angehen.«

Das alles wäre Peter nun freilich abscheulich und ruchlos erschienen, wenn man es ihm kurze Zeit zuvor gesagt hätte; aber Berno hatte eine höchst drollige Weise, alles darzustellen; es schien wieder, als sei es ihm gar nicht so ernst und als sei er viel besser als seine Worte, und das Studentenleben war dem Peterli eben gleich von Anfang an lockend und lustig vorgekommen.

In den ersten Wochen, als ihm seine ganze Umgebung so fremd und ihm noch so gar unheimlich zumute war, als ihm alles so eben und flach vorkam: da waren die hohen Kirchen und Kirchtürme eine rechte Erquickung für sein Auge, und auch sein Herz sehnte sich nach der heiligen Stätte; er meinte, da werde er zuerst wieder daheim sein. Er bat Doktor Glimmer, er möchte ihn am Sonntag mitnehmen, wenn er in die Kirche gehe. Der sah ihn etwas überrascht an:»Ich gehe nicht in die Kirche,«sagte er mit kühlem Lächeln;»aber du kannst immerhin gehen, wirst schon den Weg finden; geh' nur den andern nach!«»Ich gehe nicht in die Kirche,«hatte der Herr Doktor als etwas so ganz Natürliches gesagt. Das machte ihm viel zu denken: gingen denn die gescheiten Herren gar nicht in die Kirche?

Peter ging, und wenn auch die Sprache des Geistlichen seinem Ohr zum Anfang unverständlich war, so tat doch Gesang und Orgelspiel seiner Seele innig wohl; er vergaß zum erstenmal seine Berge und schickte seine Gedanken höher hinauf.

So ging er nun, so oft er konnte. Aber Doktor Glimmer nahm gar zu wenig Rücksicht auf den Sonntag. Entweder mußte ihn Peter auf einem kleinen Ausfluge begleiten oder neu erworbene Vorräte ordnen, daß sie zur Vorlesung bis auf den morgenden Tag schon bereit waren; sah er Peter schon zur Kirche gerüstet, so meinte er gleichgültig:»Komm nur mit mir! beten kann man überall.«

Peter sah aber nicht, daß sein Herr irgendwo gebetet hätte. Daß er zu denen gehörte, die des Wissens Gut mit ihrem Glauben bezahlt und die es verlernt haben, von der Schöpfung die Augen zu erheben zu dem Schöpfer; denen die Herrlichkeit des lebendigen Gottes verschwommen ist in einen wesenlosen Weltgeist: das wußte Peter noch nicht. Aber er sah, daß seinem Herrn, von dem er glaubte, daß er alles wissen müsse, das gleichgültig sei, was ihm lieb und heilig war – und das verkühlte auch ihn allmählich.

Berno nun, der ließ ihn nicht gleichgültig seine Wege gehen, sondern verlachte ihn ungescheut. »Bist du by Gott in der Kirche gsi?« war die höhnische Frage, mit der er und einige Genossen den armen Schweizer, der anfing, sich seines Dialektes zu schämen, am Ende allen Kirchen fern trieb. Er suchte sich nun Geltung in dem neuen Kreis zu verschaffen, indem er alle schlechten Späße auftischte, die er jemals über Pfarrer gehört, und stellte sich viel kecker und frecher, als ihm zumute war, nur, um nicht für den dummen Schweizer zu gelten.

Seine beiden Beschützer bemerkten bald, in welch schlimme Hände er gefallen war. Doktor Glimmer war Feuer und Flamme, als Peter einigemal betrunken nach Hause gekommen war, und wollte ihn ganz und gar aufgeben.

»Der Kerl ist ein Lump, ich kann ihn nicht brauchen, ich jag' ihn wieder heim!«

Professor Braun fand jedoch, daß das ganz unbillig wäre, nachdem man ihn von seiner Heimat und seinem Beruf losgeschält habe.

»Der Bursch ist zum bloßen Handlanger zu gut,« meinte er, »sein Kopf und seine Zeit sind nicht ausgefüllt; die Brocken von Wissen und Bildung, die für ihn abfallen, verdaut er nicht: darum lumpt er; wir sollten ihn studieren lassen.«

»Ja wie?«

»Will schon Mittel und Wege schaffen.« Der Schweizer-Peterli hat hoch aufgeschaut, als ihm seine Gönner zum erstenmal die Aussicht eröffneten, daß er studieren dürfe. Das war seines Herzens geheimste Sehnsucht gewesen; aber er hatte nie gewagt, daran zu denken. Lange sah er die Herren verdutzt an; dann aber machte er einen Satz vor Freude und rief: »Peterli, jetzt gilt's!«

Professor Braun sprach bündig mit ihm: »Du weißt noch nicht, Bursche, wie schwer das ist, was du unternimmst, für einen, der so wenig Vorbildung hat. Wenn du dich nicht zusammennimmst mit

Leib und Seele, so ist's bald zu Ende; denn Opfer, wie das kostet, bringt man nicht lang vergebens.«

Peter hat sich zusammengenommen, und es war nichts Kleines. Kein Spaß für einen sechzehnjährigen Alpenbuben, mit kleinen Burschen ins Gymnasium zu gehen, unter denen er wie der Riese Goliath hervorragt, und mit *mensa* und *amo* zu beginnen; aber er hat's standhaft durchgemacht und sein guter Wille und seine Beharrlichkeit bewogen auch die Lehrer, ihm mitleidig unter die Arme zu greifen.

So ungern Doktor Glimmer seinen brauchbaren Burschen verlor, mit so großem Eifer wirkte er später für den Plan. Er behielt ihn in seinem Hause und nahm ihn an den Tisch, eine wichtige Veränderung für den Peter, der indes mit anderen niederen Dienern der Universität an einem höchst bescheidenen Kosttisch gespeist hatte; er wirkte Stipendien, freien Unterricht, Beiträge für ihn aus; er bewog mit feurigster Beredsamkeit die Professoren, ihn zum Studium der Heilkunde zuzulassen trotz seiner sehr mangelhaften Vorbildung. Auch Professor Braun, der weder Frau noch Kinder hatte, nahm sich seiner treulich an und sorgte für seine Garderobe; Peter schämte sich einen ganzen Tag lang, als er zuerst in einem kurzen, modernen Rock und einer Mütze nach Art der Studenten ausgehen sollte. Die gewandte und freundliche Frau des Doktors Glimmer überwand in etwas seine Unbeholfenheit; sie ergötzte sich an seinem naiven Wesen und wußte ihn auf seine Weise in die Gesetze des geselligen Lebens in der gebildeten Welt einzuleiten.

Von den wilden und rohen Gesellschaften des Ausbälgers war Peter ganz abgekommen. Außerdem, daß er sich der ganz bestimmten Weisung seiner Gönner fügte, hatte er weder Zeit noch Mittel hier mitzumachen. Er leistete gern in freien Stunden Doktor Glimmer einen Teil seiner ehmaligen Dienste; machte botanische und geologische Streifzüge und erwarb ein schönes Taschengeld durch Herbarien und Steinsammlungen, die er anlegte und durch Vermittlung seiner Gönner an Liebhaber verkaufte.

Als Peter zu den Hörsälen zugelassen war, nicht nur als verstohlener Lauscher, sondern als wohlberechtigter Zuhörer: da ging ihm ein neues Leben auf; da war er schon viel besser daheim als im Zumpt und Buttmann, und er hätte gern oft aufgeschrien vor Freude, wenn es auf Themate kam, die ihm lang schon bekannt waren.

Nun hatte der Peter sich's in Wahrheit zu Anfang ernst und sauer werden lassen mit seiner Ausbildung, und Doktor Glimmer drückte laut und lebhaft genug seine Verwunderung über seinen göttlichen Geißhirten aus. Wer sich aber heimlich am meisten über sein Wissen verwunderte, das war Peter selbst. Man kommt leicht dazu, das zu überschätzen, was man mit großer Mühe und vielen Opfern errungen hat. Obgleich er zwar bescheiden blieb in seinem Benehmen, so dachte er denn doch oft heimlich: »So wie mich gibt's keinen!« Alle Geschichten, die er las von berühmten Männern, die aus niedrigem Stande hervorgegangen, wandte er auf sich an; wenn Papst Sixtus einst Schweinhirte war, Menschikoff als Küchenjunge angefangen, und der große Duval ein Bettlerkind gewesen war: was konnte nicht aus ihm, dem Steinpeterli vom Schweizerland, alles noch werden!

So gar sauer ließ er sich's mit den Arbeiten auch nicht mehr werden; er hörte oft, ein guter Kopf brauche nicht zu ochsen (hart arbeiten), und da er sich selbst mit Recht für einen solchen hielt, so wollte er sich auch nimmer Plagen.

Gott die Ehre zu geben für alles, was er bisher geworden, das fiel ihm nicht mehr ein; er dachte vielleicht, es verstehe sich von selbst, oder er dachte vielleicht gar nicht daran. Das Kirchgehen hatte er lange verlernt; das sei nur für die Schwarzröcke, versicherten ihn andere Studenten. Und mit dem Kirchgehen verlernte er auch das Beten, verlernte er jeden Gedanken an seine ewige Bestimmung. Er hatte jetzt seine eigenen Ansichten; wo er sonst den Herrn angebetet, da bewunderte er jetzt die Natur und den Sauerstoff und was sonst alles.

Glücklich war Peter dabei nun einmal nicht geworden; wenn er sich Zeit vergönnte, von seinen Studien aufzuatmen, und nicht eben in Gesellschaft war, so war's ihm gar leer und öde zumute, und er wußte nicht, was ihn freute. Dann aber dachte er wieder: »Das ist nur, weil ich allein bin und nicht viel auf der Welt zu bedeuten habe; wenn ich erst ein berühmter Mann sein werde, ein eigen schönes Haus habe und heiraten kann – eine reiche, schöne Frau:

dann fehlt mir nichts mehr!« – und berühmt werden, das war sein Gedanke bei Tag und bei Nacht.

Der reiche Vetter des Berno war gestorben und hatte ihm in der Tat eine ansehnliche Summe vermacht. Nun zog dieser wieder als flotter Student auf und begann sein altes Leben. Auch Peter ließ sich in seinen Kreis ziehen, obgleich er sich vor Ausschweifungen hütete: denn das durfte man einem berühmten Manne nicht nachsagen, dachte er.

Nun kam die Zeit des Examens. Die wildesten unter den Studenten wurden ganz zahm, wollten in vier Wochen einholen, was sie in vier Jahren versäumt hatten, schleppten Berge von Büchern und Heften zusammen und lasen sich halb dumm darin. Peter war ohne alle Anfechtung; war er doch fleißig gewesen all diese Zeit her und dazu noch ein ausgezeichneter Kopf, wie ihm andere und er sich selbst oft genug sagten: ihm konnte es nicht fehlen. Er erzählte überall recht geflissentlich seine Jugendgeschichte, wie er Geißen gehütet und Kühe gemolken; nicht um dadurch Nachsicht zu gewinnen, sondern nur, damit es ein gehöriges Erstaunen gebe, wenn er, der arme Hirtenbub, das glänzendste Examen machte. Was nachher aus ihm werden sollte, war er doch begierig; er glaubte kaum, daß man weniger als gleich einen Professor aus ihm machen werde; – doch darum sorgte er nicht.

Die heißen Examenstage brachen an. Peter fand das Ding etwas anders, als er sich gedacht. Er wußte doch so viel; warum mußte denn der dumme Examinator gerade nach dem fragen, was er zufällig nicht wußte? – es war gewiß die pure Bosheit von ihm. Der leidige Mangel an dem, was man Schulsack heißt, an gründlicher Kenntnis der Anfangswissenschaften, der freilich Peters Schuld nicht war, kam eben allenthalben in die Quer. Es gab nun allerdings auch vieles, was Peter wußte, und als die Schwitztage vorüber waren, trat er doch mit recht zuversichtlichem Schritt in das Zimmer des Rektors, der ihm das Ergebnis mitteilte.

O weh, Peterli! er war noch für examiniert erklärt, aber, aber – in der letzten Klasse, und trotz seiner unzulänglichen Kenntnisse, aufgenommen mit besonderer Rücksicht auf seinen Fleiß, seinen Eifer für sein Fach und die praktischen Fähigkeiten, die er gezeigt.

Das war ein harter Schlag und Peter nahm ihn ohne alle Fassung auf. Vergebens wies man ihm die wirklichen Lücken seines Wissens nach und sagte ihm, wie natürlich dieselben bei seiner früheren Laufbahn seien; vergebens tröstete man ihn, daß er bei anhaltender Mühe und rechtem Fleiß doch noch ein guter Landarzt werden könne: – das war nie seine Absicht gewesen. Medizinalrat wollte er werden, Professor, was sonst alles! Er hielt alles für gräßliche Ungerechtigkeit und haderte mit Gott und Welt.

Sein Steinfreund und sein Pflanzengönner, die von seiner Zuversicht auch angesteckt worden waren, wenn sie gleich keine hochfliegenden Träume gehegt, waren ziemlich enttäuscht und unwillkürlich etwas verkühlt gegen ihn. Auch waren sie wegen seiner nächsten Zukunft in einiger Verlegenheit. Peter hatte in der letzten Zeit mit einer Steinsammlung so viel Glück gehabt, daß er noch ein hübsches Sümmchen erübrigt hatte; aber das reichte doch nicht zu Reisen und weiteren Studien. Sie wollten es noch überlegen.

Verbittert, verstimmt und ingrimmig über alles, nur nicht über seine Vermessenheit, die ihn irregeführt, begegnete Peter seinem alten Bekannten Berno. »Was ist's, Schweizerfuchs?« redete der ihn an; »siehst ja aus wie euer Pilatus in der Nebelkappe!«

Peter schüttete sein zorniges Herz gegen ihn aus.

»Du Kamel, warum hast du auch ein Examen gemacht? – so dumm bin ich nicht,« entgegnete Berno.

»Ja, was willst du denn am Ende hier tun? kannst doch nicht ewig hier bleiben?«

»O, ich habe einen göttlichen Plan; sag' mir zuerst den deinen!«

»Nun, was bleibt mir? – als Knecht zu einem Arzt zu gehen, oder um Gottes willen mich in einem Krankenhaus herumschieben zu lassen; dann auf ein elendes Dorf zu sitzen, um Hunger zu sterben. Wär' ich doch Geißhirt geblieben!«

»Wirst kein Narr sein und das tun! Geh mit mir! ich geh nach Amerika und werde Wunderdoktor.«

»Was?«

»Wunderdoktor!« rief Berno mit schallendem Gelächter, »komm nur mit mir! ich habe schon eine Anzeige für amerikanische Zeitungen gemacht.« Sie waren indes in seine Wohnung gekommen. Er riß aus seinem Pult unter bodenlosem Durcheinander ein Papier und las: »Hört, hört, hört! Licht, Licht, Licht! Keine Blindheit mehr, kein umdüstertes Auge! Doktor Bernoni, der in Europa viel- und weitgerühmte Augenarzt, hat sich der neuen Welt zugewendet und bietet Heilung an, volle Heilung allen, denen das Augenlicht geraubt oder geschwächt ist: angeborne Blindheit, grauen und schwarzen Star, die größte wie die leiseste Schwäche des Gesichts hebt gänzlich und vollkommen unzerstörbar sein Augenlichterzeugungsbalsam, das Resultat seines ganzen Lebens. Berge von Zeugnissen liegen vor und können bei mir eingesehen werden usw.«

»Nun, siehst du,« fing mit immer neuem Lachen Berno an, »du wählst dir einen ähnlichen Zweig, kannst etwa Kahlköpfige kurieren oder Krumme oder was du willst, und wir machen zusammen unser Glück.«

»Verstehst denn du die Heilkunde, oder hältst du die Amerikaner für Narren?« »Ich verstehe genug, um ihnen blauen Dunst vormachen zu können, und weiß so viel von ihnen, daß wir, wenn wir's pfiffig angreifen und nirgends zu lange bleiben, einen so reichlichen Schnitt machen, daß er uns jede Art von Zukunft in Amerika glänzend begründet.«

Er wußte die Herrlichkeit in der neuen Welt, den mühelosen Weg, den sie dort einschlügen und den Spaß dabei so lockend darzustellen, daß Peter leicht hingerissen wurde.

»Meine Mutter hat einen Pfleger angenommen,« erzählte ihm Berno, »der mir schrieb, daß ich nichts mehr kriege, wenn mein Teil an des Vetters Erbe verjubelt sei; was ich habe, reicht reichlich zur Überfahrt nach Amerika. Zuvor machen wir zusammen eine hübsche Reise nach Oberbayern, wo ich erst einen Freund abholen muß, daß man das alte Vaterland noch ein bißchen kennen lernt; dann geht's in die neue Welt.«

Peters Mittel hätten nun nicht so weit gereicht; Berno aber, der dessen solidere Kenntnisse für seine Schwindeleien wohl zu benützen hoffte, bot ihm gemeinsame Kasse an. Es lag ihm daran, ihn bei sich zu behalten, damit er vor der Abreise nicht noch auf andere Gedanken komme.

Recht lächerlich stellte er ihm den elenden Beruf eines Arztes auf dem Lande dar, welcher um erbärmlichen Lohn in miserablen Hütten herumkriechen und Ruhe und Gesundheit aufs Spiel setzen müsse. Wie prächtig dagegen der elegante Salon des Wunderdoktors, der hinter dem Mahagonischreibtisch behaglich im samtnen Lehnstuhl sitzt und seinen Balsam teuer verkauft, der ihn vielleicht zwanzig Kreuzer kostet! Berno hatte alle in Amerika wirksamen Schwindeleien und die Gegenden, in denen sie noch möglich sind, gründlich studiert und wußte Peters Bedenklichkeiten siegreich zu widerlegen.

Peter teilte seinen Gönnern die Absicht mit, nach Amerika zu gehen; in welcher Gesellschaft und mit welchen Plänen verschwieg er. Sie waren erstaunt, ja sogar betrübt darüber und rieten ihm, doch lieber da zu bleiben; am Ende aber wollten sie ihn nicht verhindern und sorgten noch für seine nötige Ausstattung.

Zunächst also auf die Reise! Ein paar lustige Kumpane von Bernos Schlag hatten sich angeschlossen; einige wollten nur nach Straßburg, einige auch nach Amerika. Der eine hatte ein Daguerreotyp bei sich, mit dem er Glück machen wollte; der andere, der ein wenig geigen konnte, nahm sich vor, Virtuos zu werden: alle waren voll der besten Hoffnung. Daß sie zu etwas anderem auf der Welt seien, als sich's Wohl sein zu lassen solang als möglich, das fiel keinem ein. Peter jubelte mit, entwarf mit Pläne, und betäubte seine bessere innere Stimme, die ihm oft zurief: »Das ist nicht leben!«

Warum diese Reisegesellschaft noch das bayrische Gebirg besuchen wollte, war schwer zu erraten; denn Bier und Wein schien ihnen unterwegs wichtiger, als alle Schönheit der Natur. Peter aber wurde es wunderlich zumute, als er wieder Berge auftauchen sah, und er konnte nicht mehr in die geräuschvolle Freude der andern einstimmen.

Noch bei Nacht kamen sie in einem Dorf unweit vom Chiemsee an; von dort aus, verkündete Berno, der Anführer der lustigen Bande, müsse auch einmal eine Bergtour gemacht werden, damit man wisse, wozu man ins Gebirgsland reise.

In aller Frühe sollte aufgebrochen werden, um den Sonnenaufgang vom Hochberg aus zu sehen; der Wein aber im Posthause war gut, und sie tranken und sangen bis tief in die Nacht.

Peter klopfte das Herz beim Gedanken, wieder einmal auf einen Berg zu kommen. Er schlief wenig und stand noch lange vor Tag auf, um die andern zu wecken. Die schliefen steinfest; als er einige aufgerüttelt, brummelte einer: »Was, aufstehen, bergsteigen! Unsinn! 's ist ja Nacht, da sieht man den Sonnenaufgang nicht!«

Berno aber seufzte: »O meine zarte Gesundheit, du Barbar! stör' meinen kostbaren Schlaf nicht!«

So ging denn Peter allein, und es war ihm nicht leid. Den Weg bezeichnete ihm der Wirt, im hellen Vollmondschein über eine tauige Wiese. Es war lange nicht so still gewesen in ihm und um ihn. Fern schimmerte der See im Mondlicht; der Weg führte sanft hinan; es war kein Steigen wie auf seinen Heimatbergen. Mit der lichten Dämmerung erreichte er den Turm, der für die Aussicht gebaut ist. Da hob sich die Sonne licht und klar wie eine reine Flamme, unten der klare Seespiegel, rings der Kranz der bayrischen Alpen, und über das alles der wunderbare Duft, der immer wieder die Worte neu macht: »Und der Geist Gottes schwebte über dem Wasser.«

Und Peter stand und schaute hinaus und seine ganze Seele schaute mit; er fühlte sich wieder umweht von Heimatluft, und der kühle, frische Morgenhauch führte fort auf leichter Schwinge, was Trübes und Unreines seither auf seiner Seele gelegen war. Er hatte sein kindliches Herz wiedergefunden und seinen Gott. Es stand ein Kind wieder an der Pforte des Vaterhauses und klopfte an, und die Engel im Himmel freuten sich darüber. Von drunten klang ein Glöcklein herauf, Peter kniete nieder und breitete die Arme in das lichte Blau; er betete wie damals, wo er als Knabe zuerst von einem Berge herabgesehen: »O, Herr Gott, gib mir ein Plätzchen in deiner schönen Welt!«

Lange, lange stand er noch da oben, und ihm war so wohl ums Herz, als sei ihm die ganze Welt schon zu eigen gegeben. Wie es laut wurde im Tal drunten, stieg er herab, ein anderer, als er gekommen.

Im Speisesaal des Posthauses lagen gähnend die Studenten und sangen Katzenjammerlieder. Peter packte seinen Koffer, bezahlte die Zeche, und als Berno nach ihm fragte, gab man ihm ein Billett, in dem Peter von ihm Abschied nahm und sich von ihm lossagte. – Man hat von da an gar nichts mehr von dem Peter gehört.

Es waren wohl sechzehn Jahre verflossen, seit der Schweizer-Peter verschollen und vergessen war. Professor Braun und Doktor Glimmer hatten sich entschlossen, auch einmal wieder das schöne Schweizerland zu besuchen, obschon es mit dem Bergsteigen nicht mehr so gut gehen wollte, wie vor zwanzig Jahren.

Es war natürlich, daß ihnen, wie sie wieder eintraten in die wunderbare Reich der Berge, auch der Hirtenbube einfiel, den sie vor Jahren hier aufgelesen, und sie erschöpften sich in Vermutungen über sein Geschick.

»Ich wollte, wir hätten den Burschen damals bei seinen Geißen gelassen,« brummte Braun; »wir haben ihm wohl nicht viel Gutes getan mit allem, was er uns gekostet.«

»Nein,« rief Glimmer eifrig, »wenn er nichts geworden ist, so ist das nur seine Sache; zu einem Geißbuben war er nicht geboren. Warum mußte sich der einfältige Junge gleich in den Kopf setzen, er müsse auf einen Ruck Professor werden? Wär' er bei der Geologie geblieben ...!«

»Nein, bei der Botanik!« rief der andere, und in dem uralten, nie entschiedenen Streit, ob Steine oder Pflanzen vortrefflicher seien, wurde der Peterli wieder vergessen. Aber bei ihrem Disput hatten die Herren übersehen, daß sich eine drohende Wolke über ihrem Haupte zusammenzog, und ein tüchtiger Regenguß machte allem Zwist ein rasches Ende. Sie eilten, was sie konnten; wurden aber tropfnaß, bis sie unter einer vorspringenden Felsenplatte ein schirmendes Obdach fanden. Sie waren solcher Unfälle nicht ungewohnt und sahen einander nur lachend an, wie sie triefend dastanden: Professor Braun noch mit einem Kräuterbüschel in der Hand, und Glimmer hübsch gefärbt von der Brühe, die von seinen Steinen ablief.

»Aber die Richtung haben wir verloren, Herr Kollega,« begann Braun; »ich weiß nimmer, wo wir sind.«

»Nicht zu weit von Doktor Sempachers Haus,« meinte ein armes Weib, das mit einem eigensinnigen Zicklein sich ebenfalls unter das Felsdach geflüchtet hatte.

»So, geht Ihr auch dahin?« fragte eine junge Frau, die in der Ecke kauerte.

»Dann haben wir ein' Weg,« ließ sich ein stämmiger Bauer vernehmen, »und ihr könnt ihn mir nun zeigen. – Ist das auch ein Patient?« fragte er, indem er lachend auf das Zicklein deutete.

»Nein, das ist meines Bübleins selig sein Böcklein,« sagte die arme Frau, und wischte sich die Augen mit ihrer schwarzen Schürze; »das war lang krank und kein Doktor hat mehr kommen wollen; es helf' doch nichts, sagten sie. Aber der gute Doktor Sempacher ist gekommen, oft und viel, und wenn er auch nicht hat helfen können, hat er das Büble getröstet und hat mit ihm gebetet, und hat ihm schöne Bildlein gebracht. Wie nun mein Büble doch gestorben ist, hat es vorher noch gesagt: ›Ahne, wenn ich tot bin, so bring' mein Böcklein dem Doktor für seine Kinder; sonst kann ich ihm ja nichts geben‹ – Das hab' ich nun da.«

»Ja, so gibt's kein' mehr,« sagte die junge Frau; »mein Mann ist Maurer und vom Dach gefallen und hat sich alle Glieder zerschlagen. Unser Balbier hat ihn einmal verbunden, dann liegen lassen, weil wir arm sind. So bin ich halt eben auch zum Sempacher; da hat's eine Art, wie der ihn verbunden hat und gehoben und gelegt! Jetzt ist's schon lang geheilt; aber ein Schmerz im Rücken ist meinem Mann noch geblieben, so daß er sich im Bett nicht drehen und wenden konnte, und niemand hat ihm so gut helfen können als der Doktor. Da ist er denn jede Nacht nach zehn noch den weiten Weg gegangen, nur um den Mann ins andere Bett zu heben und ihm eine gute Lage zu geben, daß er schlafen konnte. Heut will ich ihm sagen, daß der Mann jetzt wieder aufstehen kann. Gott vergelt's ihm, was er getan! wir können's nicht.«

Der Mann, der vier Stunden weit herkam, um den Sempacher zu seinem kranken Weib zu holen, wußte noch schönere Geschichten von ihm, so daß Braun endlich ausrief: »Das muß ja ein weltberühmter Mann sein, der Doktor!«

»Ja, er ist eben berühmt bei den armen Leuten,« sagte die alte Frau; »da ist's aber auch, als ob ein Engel käme, 's wird besser, wenn er nur hereinsieht.«

Die junge Frau aber versicherte, daß ihn auch reiche und vornehme Herrschaften aufsuchen.

»Sempacher! – hieß denn so nicht unser Schweizer?« fragte Braun seinen Freund.

»Kann sein! Ich weiß nimmer, weil wir ihn immer Peter nannten,« antwortete dieser; »der Name ist aber, glaub' ich, hier häufig.«

Der Regen hatte aufgehört, und die Herren entschlossen sich, mit den Leuten nach des Doktors Haus zu gehen, da es das nächste Obdach sein solle.

»Wenn das so ein barmherziger Bruder ist,« so wird er uns auch einen trockenen Rock leihen,« meinte Braun.

Sie stiegen einen sanften Abhang hinab; der Rasen glänzte wie Samt im herrlichsten Grün nach dem Regen, in durchleuchteter Herrlichkeit schimmerten Bäume und Büsche in dem wieder vorbrechenden Sonnenschein.

»Das ist ja ein Schweizerhäuschen wie aus einem Konditorladen!« rief fröhlich lachend Doktor Glimmer; und wirklich stand da ein ganz wundernettes Wohnhaus mitten im Tal, das Ideal eines Schweizerhauses. Hinter dem Haus lag ein Gärtchen, grünend und blühend, in dem des Botanikers Auge gleich Schätze seltener Pflanzen entdeckte. Der Vorplatz war mit blühenden Gesträuchern geziert; keine fremden und kostbaren, aber so schön zusammengestellt, daß sie ein fürstlicher Schmuck der einfachen Wohnung waren. Nach alter Schweizersitte war auch dieses Haus mit einem Spruch geziert; er hieß: »Einem jeglichen dünken seine Wege recht zu sein, aber der Herr allein machet das Herz gewiß.« Ein Hauch des Friedens und der Freude umgab die ganze Wohnung.

Von der Laube, die mit Efeu und Jungfernreben ganz grün umwachsen war, lauschten ein paar rotbackige Kinderköpfchen und die anmutige Gestalt einer jungen Frau herunter. Beim Anblick der Fremden riefen die Kinder getäuscht: »Er ist's nicht!«

Sie traten in die saubere Flur alle zusammen; die armen Leute führte die Frau Doktorin unten in die Wartstube und ließ einen guten warmen Kaffee für sie machen. Die fremden Herren, denen sie gleich ansah, woher sie kamen, grüßte sie mit herzlicher Unbefangenheit und führte sie in die helle, reinliche Wohnstube, deren Geräte aber viel einfacher war, als man aus dem zierlichen Ansehen des Hauses schloß.

Sie brachte den durchnäßten Herren trockene Wäsche. Sie baten auch um Schlafröcke; ja, da fehlte es. Ihr Mann hatte nur einen, seinen alten hatte er gestern einem armen Kranken geschenkt; den neuen konnte einer von ihnen indes schon anziehen. vielleicht trocknete sein Rock, bis der Herr kam; Professor Braun erhielt den Sonntagsrock des Herrn, aus dem er gar lange Arme und Füße herausstreckte.

Während nun das geschäftige Fraueli draußen für Kaffee sorgte und die Kleider zum Trocknen aufhängte, traten die Herren in die Laube und ergötzten sich an dem fröhlichen Kinderhäufchen. An einem Tischchen in der Ecke saß eine schweigsame Person, eine Näherin, wie es schien, denn sie stichelte emsig an einem zerrissenen Röckchen, und hatte noch einen Korb mit ähnlichen neben sich stehen. Die Kinder baten und plagten sie, sie solle doch die schöne, arg schöne Geschichte weitererzählen, die sie angefangen; aber sie schien sich vor den fremden Herren zu scheuen.

»Keine Schweizerschönheit,« sagte Braun leise zu seinem Gefährten.

»Ei, sieh du in ihre Augen!« sagte Glimmer, der sich auf Schönheit verstand; »so ein prächtiges Blau findet man nur in den Bergländern.« Und es war richtig, die Augen der stillen Näherin leuchteten in so eigentümlicher Klarheit, daß man ihr bleiches, unscheinbares Gesicht darüber vergaß.

»Er chömmt!« rief die helle Stimme des Frauelis von draußen.

»Er chömmt, er chömmt!« tönte ein vierstimmiges Echo wieder, und mit lärmendem Jubel stürzten die vier Kinder die Treppe hinab einem etwas mageren, sehr einfach gekleideten Mann entgegen, der, auch durchnäßt, mit müdem Schritt auf das Haus zukam.

Er konnte sich kaum des wilden Volks erwehren, das ihn begrüßte, seine Taschen leerte, in denen aber nur Steine waren, und ihn endlich im Triumph ins Haus brachte.

Ehe er noch seine Frau grüßte, trat er in die Wartstube und gab den Leuten freundlich Bescheid. Die Kinder nahmen mit Jubel das Böcklein in Empfang, und die alte Frau weinte vor Freud und Leid, als sie im Gehen sah, wie glücklich sie die Kinder mit dem Vermächtnis ihres armen Friedli gemacht hatte.

Endlich war der Papa fertig und trat in die Stube. Die Kinder hatten unterwegs schon erzählt, daß droben ein paar nasse Herren zum Trocknen seien. Es war schon etwas dunkel beim Eintreten; so grüßte er sie, ohne sie eben viel anzusehen, und setzte sich, nachdem er die Näherin in der Ecke begrüßt hatte, behaglich in seinen hölzernen Lehnstuhl.

»Papali, dein Rock ist naß,« sagte die Frau in einiger Verlegenheit.

Professor Braun erbot sich augenblicklich, den Schlafrock herzugeben; das nahm aber der Herr vom Hause nicht an.

»Aber, Papali, du hast ja keinen andern Rock,« flüsterte sie, »und bist naß.«

»Weißt was, Fraueli?« sagte er, »bring' mir deinen Mantel!«

Trotz alles Protestierens wickelte sich denn der Papa zu unbeschreiblichem Vergnügen der Kinder in den Mantel der Mama.

Jetzt kam Kaffee und Licht, und der Doktor besah seine Gäste; er war schon bei Brauns Stimme vorhin aufmerksam geworden.

»Ist's mögli, ihr Herren!« rief er, stand auf und bot ihnen beide Hände. »Fraueli sieh, Kinderli lueget, da guck Mareili, das sind meine Herren, die mich arm's Bübli einmal mitgenommen und mich haben studieren lassen; ist's mögli!«

Auch die Herren freuten sich sehr, so unverhofft den Steinpeterli in so freundlicher Umgebung wiederzufinden; und das Fraueli mußte oft mahnen, daß der Kaffee kalt werde, ehe die kleine Gesellschaft wieder in Frieden um die Tafel saß und ihrer Bewirtung die Ehre antat.

»Noch viel mehr wollt' ich mich freuen,« fing Peter wieder an, – er bat sich's aus, daß die Herren ihn so nennen mußten – »wenn ich mich nicht so schämen müßt', daß ich Ihnen gar nicht geschrieben. Aber sehen Sie, ich wollte nicht schreiben, bis ich etwas Ordentliches geworden; das brauchte aber gar lang, und ich weiß jetzt noch nicht gewiß, ob ich's bin. Wenn ich dann schreiben wollte, so hätte ich Ihnen gern alles und alles gesagt, wie es mit mir gekommen, und das hat nie so recht in die Feder wollen; so hab' ich's denn verschoben und verschoben, bis ich gar nimmer dazu kam.« Nun versprach er aber den Herren, morgen mit ihnen auf dem Berg herumzuklettern, Steine zu klopfen und Pflanzen zu graben, da wollte er ihnen dann alles erzählen. Der nächste Tag war schön und klar zur Bergtour; die freundliche Wirtin versprach, bis zum Abend ihr Allerbestes zu tun. Der Doktor schickte schriftliche Regeln an die Kranken, zu denen er heute nicht kam, und stieg mit seinen alten Herren guten Mutes bergan. Es wurde nicht viel botanisiert. An einer schönen Stelle lagerten sie und da erzählte ihnen Peter seine Geschichte.

Er gestand ihnen die hochfahrenden Gedanken, mit denen er sich getragen; seine Verbitterung über den geringen Erfolg seines Examens, und wie er sich dem Berno und seinen elenden Plänen angeschlossen. »Sehen Sie, ich wollte nichts mehr, als mir's gut machen auf der Welt; sollte ich mich plagen und schinden um nichts, und ein Tropf wie der Berno ohne Müh' in Freud' und Herrlichkeit leben? Ich hatte damals viele lustige Stunden, keine einzige glückliche.

»Nun kann ich Ihnen aber nicht sagen, wie jener Morgen im Gebirge mein Herz verwandelt hat. Es war mir, als schaute mich Gott selber an aus dem blauen Himmel, und ich schämte mich bis ins tiefste Herz hinunter, daß ich Träber gegessen, während ich als Kind im Vaterhause hätte leben können. Jetzt war es mir einerlei, wie viel oder wie wenig ich in der Welt bedeuten sollte; ich war meines Vaters Kind; wenn ich ihm treu diente, so war's seine Sache, mir den rechten Platz zu geben. Damals wäre ich mit gutem Willen wieder Viehhirt geworden; aber ich dachte doch, daß mir Gott nicht umsonst so weit auf einer andern Bahn geholfen. So ging ich denn zunächst in das große Krankenhaus zu Z** und bat um Aufnahme, als der niedrigste Gehilfe, wenn es sein müßte; da habe ich dann erst gelernt, wie man lernen soll, und habe mit großer Freude gefunden, daß ich doch mehr wußte, als ich zuerst geglaubt. Nun hielt ich mein Wissen hoch und wert als eine edle Gottesgabe; es war nicht genug, mich zum großen Mann zu machen, gewiß aber genug, um mir ein Plätzchen zu sichern, wo ich Menschen lieb und nützlich werden könnte.

»Es verlangte mich wieder in die Berge hinein; auch wußte ich, wie übel oft die armen Leute in meinem Vaterland mit ärztlicher Hilfe beraten find in den zerstreuten Häusern, wo sie oft meilenweit zum Arzt gehen müssen. Als ich nun glaubte, genug gelernt zu haben, setzte ich mich in einer der ärmsten Gegenden und bot meine Dienste vorzüglich den Armen an. Es war ein saurer Anfang. Es brauchte gar lange, bis ich Glauben fand; ich wurde oft abscheulich angelogen und bin fast Hungers gestorben, habe aber doch ausgehalten. Nach und nach lernte ich die Leute kennen und die Leute mich; ich bekam auch Kunden unter den Reichen, und sie haben oft freiwillig für die Armen mitbezahlt. Vor acht Jahren habe ich mein liebes Fraueli gefunden, sie war eine Waise; aber obwohl sie ein nettes Vermögen hatte und hätte Regierungsherren haben können, so hat sie's doch nicht verschmäht, Frau Armendoktorin zu werden. Das Häuslein haben wir uns selbst gebaut.«

»Und die Näherin, ist das nicht. .. ?« fragte Braun.

»Das ist das Mareili, Sie haben's erraten; ich habe sie geholt, sobald ich ein eigen Dach hatte; sie lebte allein bei fremden Leuten. Lahm und kränklich, wie sie ist, ist sie doch die rechte Hand meiner Frau; die kleinen Bursche sorgen, daß ihrer fleißigen Hand die Arbeit nicht ausgeht, und sie folgen ihr fast noch mehr als Vater und Mutter. Ihre Geschichten sind noch gerade so schön wie damals, als sie mir dieselben erzählt hat. Das Mareili freut sich immer noch auf den Himmel; aber sie sagt oft, sie hätte nie geglaubt, daß es ihr auch noch auf dieser Welt so Wohl werde.

»Seht, Ihr Herren, so ist mir's gegangen,« schloß Peter, als sie langsam heimwärts gingen. »Ich darf wohl sagen, daß ich seit jenem Tage treulich und unverdrossen arbeite, nicht im Dienste meines Wohllebens, auch nicht im Dienste menschlicher Wissenschaft, Wohl aber im Dienste eines ewig reichen Herrn.

»Er hat mir oft ein recht heißes Tagwerk beschieden, aber er ist nicht karg gegen mich gewesen; er hat mir Kraft und Geduld gegeben, viel Dank und Liebe von Menschen, eine friedliche Heimat und gute Kinder. Hat er mir nicht fünf Pfunde anvertraut, so habe ich doch mein eines nicht begraben, und ist der Herr mir, einem verlaufenen Schäflein, nachgegangen, bis er mich vom Berge herabgeholt, wie sollte mich's nicht freuen, auch dem Ärmsten und Geringsten nachzugehen!«

Die Herren waren gar still auf dem Weg; im Häuslein aber hatte die Frau ein Festmahl bereitet, und sie erlebten einen so fröhlichen

Abend wie lange nicht. Professor Braun brachte die Gesundheit der freundlichen Hausfrau aus; Glimmer ließ den Steinpeterli leben; selbst Mareili, die auch am Tisch saß, mußte mit anstoßen und ihre eigene Gesundheit trinken. Die Kinder aber, denen das ein neues war, ließen Gott und Welt leben und jubilierten dazu wie ein ganzes Liederfest, sogar das zweijährige Mareili, bis man sie zu Bett brachte.

Peter begleitete die Herren am andern Tage noch ein gutes Stück. Er war ihnen so dankbar für alles, was sie an ihm getan, und er hätte ihnen so gern mitgeteilt, was sie ihm hatten nicht geben können: seinen freudigen Glauben und seinen Frieden in Gott. Sie hörten ihm schon gern zu, wie er noch einmal mit überströmendem Herzen von jenem Morgen sprach, der seinen Sinn gewendet, und meinten, es sei ganz schön von ihm, wie er das Leben ansehe. Er solle nur dabei bleiben. Ob ein Körnlein von all dieser Saat auch in ihre Herzen gefallen, das wird dereinst der Herr der Ernte finden.

Der Berno soll in Amerika wirklich eine ganz brillante Karriere gemacht haben, nur ist er leider später dort irgendwo gehängt worden.

Über den Autor

Geb. 22.2.1817 Rottenburg/Neckar; gest. 12.7.1877 Tübingen.Die Tochter eines Oberamtsrichters wuchs in einem aufgeschlossenen und geselligen Elternhaus in Marbach auf und heiratete 1843 in Tübingen einen Gymnasialprofessor. Die populäre Dichterin, die ob ihres sozialen Engagements und des unentwegten Rufes nach Bildung aller Stände weit über Tübingen und das Königreich Württemberg hinaus bekannt wurde, hat in Zeitschriften und Büchern viele Gedichte und Geschichten veröffentlicht. Sie war mitKernerundUhlandbefreundet und korrespondierte u. a. mitStifter,GotthelfundHeyse. In jedem evangelischen Bücherverzeichnis bis weit in das 20. Jahrhundert hinein erhielt sie unter der Rubrik »christliche Literatur für Jugend und Familie« ihren selbstverständlichen Platz.

 tredition®

Über tredition

Eigenes Buch veröffentlichen

tredition wurde 2006 in Hamburg gegründet und hat seither mehrere tausend Buchtitel veröffentlicht. Autoren veröffentlichen in wenigen leichten Schritten gedruckte Bücher, e-Books und audio-Books. tredition hat das Ziel, die beste und fairste Veröffentlichungsmöglichkeit für Autoren zu bieten.

tredition wurde mit der Erkenntnis gegründet, dass nur etwa jedes 200. bei Verlagen eingereichte Manuskript veröffentlicht wird. Dabei hat jedes Buch seinen Markt, also seine Leser. tredition sorgt dafür, dass für jedes Buch die Leserschaft auch erreicht wird.

Im einzigartigen Literatur-Netzwerk von tredition bieten zahlreiche Literatur-Partner (das sind Lektoren, Übersetzer, Hörbuchsprecher und Illustratoren) ihre Dienstleistung an, um Manuskripte zu verbessern oder die Vielfalt zu erhöhen. Autoren vereinbaren direkt mit den Literatur-Partnern die Konditionen ihrer Zusammenarbeit und partizipieren gemeinsam am Erfolg des Buches.

Das gesamte Verlagsprogramm von tredition ist bei allen stationären Buchhandlungen und Online-Buchhändlern wie z. B. Amazon erhältlich. e-Books stehen bei den führenden Online-Portalen (z. B. iBookstore von Apple oder Kindle von Amazon) zum Verkauf.

Einfach leicht ein Buch veröffentlichen: **www.tredition.de**

Eigene Buchreihe oder eigenen Verlag gründen

Seit 2009 bietet tredition sein Verlagskonzept auch als sogenanntes "White-Label" an. Das bedeutet, dass andere Unternehmen, Institutionen und Personen risikofrei und unkompliziert selbst zum Herausgeber von Büchern und Buchreihen unter eigener Marke werden können. tredition übernimmt dabei das komplette Herstellungs- und Distributionsrisiko.

Zahlreiche Zeitschriften-, Zeitungs- und Buchverlage, Universitäten, Forschungseinrichtungen u.v.m. nutzen diese Dienstleistung von tredition, um unter eigener Marke ohne Risiko Bücher zu verlegen.

Alle Informationen im Internet: **www.tredition.de/fuer-verlage**

tredition wurde mit mehreren Innovationspreisen ausgezeichnet, u. a. mit dem Webfuture Award und dem Innovationspreis der Buch Digitale.

tredition ist Mitglied im Börsenverein des Deutschen Buchhandels.

Dieses Werk elektronisch lesen

Dieses Werk ist Teil der Gutenberg-DE Edition DVD. Diese enthält das komplette Archiv des Projekt Gutenberg-DE. Die DVD ist im Internet erhältlich auf **http://gutenbergshop.abc.de**

Zeitfracht Medien GmbH
Ferdinand-Jühlke-Straße 7
99095 Erfurt, Deutschland
produktsicherheit@kolibri360.de